中國語言文字研究輯刊

九　編

許錟輝　主編

第 **10** 冊

古漢語同源異形詞研究——
以《經典釋文》「二反」、「三反」、「二音」、「三音」字為對象

邱達維　著

花木蘭文化出版社

國家圖書館出版品預行編目資料

古漢語同源異形詞研究——以《經典釋文》「二反」、「三反」、
「二音」、「三音」字為對象／邱達維 著 -- 初版 -- 新北市：花
木蘭文化出版社，2015〔民104〕
目 4+186 面；21×29.7 公分
（中國語言文字研究輯刊 九編；第 10 冊）
ISBN 978-986-404-391-0（精裝）
1. 漢語 2. 語源學
802.08   104014809

ISBN- 978-986-404-391-0

中國語言文字研究輯刊
九 編　　第 十 冊　　　　　　ISBN：978-986-404-391-0

古漢語同源異形詞研究—以《經典釋文》「二反」、「三反」、「二音」、「三音」字爲對象

作　　　者	邱達維
主　　　編	許錟輝
總 編 輯	杜潔祥
副總編輯	楊嘉樂
編　　　輯	許郁翎
出　　　版	花木蘭文化出版社
社　　　長	高小娟
聯絡地址	235 新北市中和區中安街七二號十三樓
	電話：02-2923-1455 ／傳眞：02-2923-1452
網　　　址	http://www.huamulan.tw 信箱 hml810518@gmail.com
印　　　刷	普羅文化出版廣告事業
初　　　版	2015 年 9 月
全書字數	121262 字
定　　　價	九編 16 冊（精裝）　台幣 40,000 元

古漢語同源異形詞研究——
以《經典釋文》「二反」、「三反」、「二音」、「三音」字爲對象

邱達維　著

作者簡介

邱達維，生於臺灣臺南市。2008 年國立臺灣大學中國文學系畢業。國立臺灣大學文學碩士（2013）。現任國立臺灣大學日本研究中心研究助理。研究領域為歷史語言學，主要研究對象為原始漢藏語的音韻系統。

提　要

　　同源異形詞是個別語言中，來自從前同一個詞位，語源有關的形式。同源異形詞的研究，是內部構擬法與比較方法的交會處。因此，古漢語同源異形詞的研究，不只是前上古漢語的研究，也是原始漢藏語研究的一部分。因為將轉換與規則對應視為一個整體，由比較方法構擬的原始漢藏語系統，得以用來解釋古漢語同源異形詞。

　　第一章是序論，定義了同源異形詞，並說明本文的討論框架。第二章討論《經典釋文》的術語「二反」、「三反」、「二音」、「三音」。由這些術語標記的一字異讀大部分並不別義，顯示它們是同源異形詞。這些同源異形詞正是本文討論的對象。

　　第三章至第七章討論這些同源異形詞轉換，由什麼音變造成。依序討論聲母的發聲、聲母的調音、介音、主要元音，以及韻尾。第八章則是結論，列出前幾章討論的所有音變。

目次

凡　例

一、語言名稱對照表

PST	原始漢藏語（Proto-Sino-Tibetan）	
PTB	原始藏緬語（Proto-Tibeto-Burman）	
PLB	原始彞緬語（Proto-Lolo-Burmese）	
MC	中古漢語（Middle Chinese）	
OC	上古漢語（Old Chinese），不特別區分時與前上古漢語相同	
PC	前(上古)漢語（Pre-(Old) Chinese），或原始漢語（Proto-Chinese）	
WT	書面藏語（Written Tibetan），不特別區分時與古藏語相同	
OT	古藏語（Old Tibetan）	
WB	書面緬甸語（Written Burmese），不特別區分時與古緬甸語相同	
OB	古緬甸語（Old Burmese）	
Tangut	西夏語	

二、術語對照表

本文術語	指涉對象
舌根音	軟顎音（velar）
舌面音	顎化音（palatalized）
圓唇音	唇化音（labialized）
近音	approximant，一般指半元音

銳音　　　　acute，即舌齒音

鈍音　　　　grave，即唇牙喉音

複聲母　　　輔音串聲母

複輔音　　　輔音串（consonant clusters）

複元音　　　元音串（vowel clusters）

三、表格與演變式說明

1. 表格中的音韻地位依據《古韻通曉》，上古韻部一欄依聲符的韻部。

2. 表格音韻地位中的 A（B），表示音注用字在《廣韻》的音韻地位爲 A，但依據《釋文》可混切的範圍，本文認爲可能音韻地位實際是 B。

3. 表格音韻地位中的 A／B，表示音注用字在《廣韻》的音韻地位有 A、B 兩種可能，本文兩說並存。

4. 表格中的中古音，依據經李方桂修正的高本漢系統，並省略調號。

5. 演變式中的 A＞B 或 A→B，表示 A 演變爲 B。

6. 演變式中的 A＜B 或 A←B，表示 A 來自 B。

7. 演變式中的 A↔B，表示 A 與 B 爲詞族變體，並且不能確定何者爲演變起點。

8. 演變式中的 A～B，表示 A 與 B 爲自由變體。

9. 表格或演變式中的 P 表示所有唇音，T 表示所有舌尖塞音，TS 表示所有舌尖塞擦音，K 表示所有舌根音，Kw 表示所有圓唇舌根音。

四、音標說明

本文原始漢藏語根據龔煌城系統；原始藏緬語根據馬蒂索夫系統；上古漢語根據經龔煌城修正的李方桂系統，並省略調號；藏文轉寫依據 Wylie（1959）；緬甸文轉寫依據 Benedict（1976a）；西夏語依據龔煌城系統。

（一）各語言通用符號與國際音標對照表

符號　　　　國際音標

tś　　　　　tɕ

dź　　　　　dʑ

ś	ɕ
ź	ʑ
ng	ŋ
·	ʔ
-h-	ʰ

（二）原始漢藏語、上古漢語符號與國際音標對照表

符號	國際音標
-w-	ʷ

（三）原始藏緬語符號與國際音標對照表

符號	國際音標
-w-	-w-或-u-
-y-	-j-或-i-

（四）西夏語符號說明

-j	顎化元音
-r	捲舌化元音

（五）藏文字母、轉寫與國際音標對照表

藏文字母	轉寫	國際音標
ཀ	k	k
ཁ	kh	kʰ
ག	g	作聲母時 g，作韻尾時 k
ང	ng	ŋ
ཅ	c	tɕ
ཆ	ch	tɕʰ
ཇ	j	dʑ
ཉ	ny	ɲ
ཏ	t	t
ཐ	th	tʰ
ད	d	作聲母時 d，作韻尾時 t

ब	n	n
ਧ	p	p
ध	ph	pʰ
ব	b	作聲母時 b，作韻尾時 p
ठा	m	m
ಹ	ts	ts
ಹ	tsh	tsʰ
ह	dz	dz
ਧ	w	作聲母時 ɦʷ，作介音時 w
ਰ	zh	ʑ
ヨ	z	z
ਕ	'	ɦ，作前置輔音時爲前冠鼻音
ਘ	y	作聲母時 ʔj，作介音時 j
ར	r	r
ਕ	l	l
୩	sh	ç
ঝ	s	s
্ব	h	h
ঝ		ʔ

（六）緬甸文字母、轉寫與國際音標對照表

緬甸文字母	轉寫	國際音標
က	k	k
ခ	kh	kʰ
ဂ	g	g
ဃ	gh	gʰ
င	ng	ŋ
စ	c	ts
ဆ	ch	tsʰ
ဇ	j	dz

ဈ	jh	dz^h
ည	ny	ɲ
ဋ	ṭ	ṭ
ဌ	ṭh	ṭ^h
ဍ	ḍ	ḍ
ဎ	ḍh	ḍ^h
ဏ	ṇ	ṇ
တ	t	t
ထ	th	t^h
ဒ	d	d
ဓ	dh	d^h
န	n	n
ပ	p	p
ဖ	ph	p^h
ဗ	b	b
ဘ	bh	b^h
မ	m	m
ယ	y	j
ရ	r	r
လ	l	l
ဝ	w	w
သ	s	s
ဟ	h	h
ဠ	ḷ	ḷ
အ		ʔ

緬甸文下加的-h-白保羅寫在聲母之前，本文統一寫在聲母之後

第一章　緒　論

1.1. 研究緣起

　　不同語言之間音義有關的詞「有規律的音韻差異」稱為「規則對應（correspondence）」，個別語言內部音義有關的詞「有規律的音韻差異」則稱為「轉換（alternation，亦可翻譯為交替）」。今日不同語言之間的規則對應，應來自從前的演變，故可由規則對應構擬發生演變之前的語言「原始語（proto-language）」，此方法稱為「比較方法（comparative method）」；今日個別語言內部的轉換，應來自從前的演變，故可由轉換構擬發生演變之前的語言「前語言（pre-language）」，此方法稱為「內部構擬法（internal reconstruction）」。〔註 1〕

　　歷史比較語言學由子語言之間的規則對應構擬原始語的音韻系統，並藉由原始語音位之間的差異解釋子語言反映的區別。以相對嚴格認定的同源詞為基礎，以比較方法構擬原始漢藏語的音韻系統也已獲得豐碩的成果（龔煌城 2011b：1-414）。在原始漢藏語的音韻系統已大致確立的前提下，有時子語言之間的同源詞呈現並不太規則的對應，或者在個別子語言內部同源詞有音韻轉換。音韻規律無例外，如有例外必另有規律。因此學者們試圖解釋這些

〔註 1〕關於比較方法與內部構擬法，參看 Fox（1995）、龔煌城（1992）。

例外現象。

　　所有的轉換都有「有規律的音韻差異」，在此前提之上如果還有「有規律的語義差異」，則稱爲構詞法。構詞法在印歐語歷史比較語言學的傳統中佔有重要地位，共有的構詞法是印歐語同源關係重要的證言。因此，將漢藏語子語言間的不規則對應或子語言內部的音韻轉換，視爲反映個別子語言或原始語的構詞法，應該是自然且合情理的。構詞法除了音韻要有規律的差異（音韻轉換），語義也要有規律的差異。如果語義無法找到規律的差異，即便有音韻轉換，仍無法認爲是構詞法。構詞法是轉換的一種，但轉換不一定是構詞法。〔註2〕

　　馬蒂索夫對「詞綴」的性質看得極爲透澈（Matisoff 1978：13）：

The fact that a given affixational process is productive in a particular daughter language is by no means a guarantee that it was already productive at an earlier stage. Prefixation is very much a living process in TB. Old prefixes which had been used in a sporadic or unsystematic manner may later be generalixed and regularized both in meaning and in "privilege of occurrence."

Some scholars have objected to the term "prefix" in cases where the pre-initial element does not have a clearcut meaning. While we might be tempted to call some of these semantically vague entities "prefixal formatives", or simply "formatives", there seems little point in making a sharp distinction between "meaningful" and "meaningless" pre-initial elements. Even the most ancient prefixes with the clearest meanings often occur in words where it is hard to see what semantic increment they provide. On the other hand, those prefixes which have the most transparent meanings in a given daughter language are likely to be of relatively recent origin.

　　如他所說，子語言中許多詞綴，原本只是偶發的、非系統性的音韻現象，後來才推廣並得到語義內涵。亦即現在的構詞法，原本可能並非構詞法，而是

〔註 2〕參看 Matisoff（1978），亦即下一段引文。

純音韻現象。因此他並不區分前置輔音（詳§1.5.）中有語義的前綴與沒有語義的非前綴，僅視爲音節結構中一個位於聲母之前的位置，並使用籠統含混的通稱。前置輔音是音節結構中的一個位置，是複輔音聲母的一部分，其中有構詞、句法功能的稱爲前綴。前綴是前置輔音的一種，但前置輔音不一定是前綴。此處馬蒂索夫說的 prefix 相當於前置輔音，包含前綴與非前綴。

如果音韻關係才是這類同源詞的本質，它們的構詞關係反而可能後起，則我們研究時可以排除構詞法的成分。個別語言中，來自同一個原始詞位（proto-morpheme，原始語中的詞位）的不同變體，稱爲同源異形詞（doublets）。Matisoff（1978：16）：

> In traditional historical linguistic terminology, as applied to, e.g., Indo-European, etymologically related variants of the same proto-morpheme in a given language are referred to as doublets.

因爲來自同一個原始詞位，同源異形詞之間沒有構詞法的關係。〔註3〕本文欲研究這類例外現象反映的音韻規律，且以純音韻的視角著眼，〔註4〕故選用此類同源詞中並不別義的「同源異形詞」爲研究對象。

1.2. 研究範圍

「詞族（word family）」與「轉換（alternation）」兩個詞彙原本都只用於指涉個別語言內部的現象。馬蒂索夫（Matisoff 1978：16-21）將「詞族」與「轉換」兩個詞彙的內涵擴大，不只包括個別子語言內部，還包括子語言之間同源詞的關係。比起注重同族詞之間的語義差異，他更加重視同族詞之間音韻變體的轉換關係。他因此自創了許多術語，將無論子語言之間，或個別子語言內部同源詞的關係，都稱爲「同族關係」（allofamy）；同詞族中的變體稱爲「詞族變體」（又稱同族詞，allofam）；〔註5〕原始語中的詞族稱爲「原始詞族」（proto-word family 或 proto-family）；原始語中的詞族變體則稱爲「原始

〔註3〕可參考漢語方言的文白異讀，文白異讀多不別義，如果別義也是文白競爭的結果，並非規律、能產的構詞手段。

〔註4〕關於「純音韻視角」的優點與未來展望，詳§8.5.。

〔註5〕可參考 allophome，可翻譯爲「同位音」亦可翻爲「音位變體」。

詞族變體」（proto-allofam）。同族詞的轉換依「個別語言內部或外部」、「原生或次發」可分類如下：

　　一、個別子語言內部的轉換

　　　　（一）個別子語言內部原生的轉換（Intra-lingual primary alternations）

　　　　（二）個別子語言內部次發的轉換（Intra-lingual secondary alternations）

　　二、子語言之間的轉換

　　　　（一）子語言之間原生的轉換（Inter-lingual primary alternations）

　　　　（二）子語言之間次發的轉換（Inter-lingual secondary alternations）

　　在原始詞族當中已經存在轉換關係，原始詞族當中至少兩個有同族關係的詞族變體由子語言所繼承，稱爲原生的轉換；原始詞族當中不存在轉換，原本詞族中同一個詞族變體，演變入子語言成爲至少兩個有同族關係的詞族變體，則稱爲次發的轉換。其中「子語言之間次發的轉換」，即一般說的「規則對應」，此類詞族變體亦即嚴格意義的「同源詞（cognate）」。其他三種轉換（個別子語言內部原生的轉換、個別子語言內部次發的轉換、子語言之間原生的轉換）則都可能形成不太規則的對應。子語言之間原生的轉換，是原始語中已有至少兩個詞族變體，這些至少兩個詞族變體分別爲不同的子語言所繼承。個別子語言內部原生的轉換，也是原始語中已有至少兩個詞族變體，但這些至少兩個詞族變體爲同一個子語言所繼承。個別子語言內部次發的轉換，則是子語言分家後，才在個別子語言內部形成的後起轉換。〔註6〕

　　實際上，我們無法確知一個轉換爲原生或次發。「規則對應」也不必然即爲次發。如果子語言之間的規則對應完全沒有例外，且個別子語言內部完全見不到類似的轉換，我們才足以認爲是次發性的。如果在個別子語言內部可見到與此「規則對應」類似的轉換，則此規則對應很可能也是原生的。原始語內部也有方言，〔註7〕原始語內部的方言差異，後來很可能成爲子語言間的規則對應。

　　馬蒂索夫對轉換的分類中，並不區分別義與不別義的轉換。參與轉換的兩個詞族變體之間如果別義，就是兩個不同的詞；參與轉換的兩個詞族變體如果

〔註 6〕以上詳 Matisoff（1978）。

〔註 7〕dialect，可翻譯爲語言變體。

不別義，則是一個詞的兩個形式，也就是同源異形詞。因爲構詞法在本質上也是種轉換，而轉換不需要是構詞法。因此構詞法的音韻差異可用來解釋非構詞法的轉換，但不可倒過來認爲與構詞法同類型的轉換皆屬於此構詞法（詳§3.3.1.）。

個別子語言內部，參與轉換的兩個詞族變體如果不別義，就是同源異形詞。同源異形詞可以寫作不同的字形；也可以寫作相同的字形。如果寫作相同的字形，則會是不別義的一字異讀。本文以《經典釋文》中帶有「二反」、「三反」、「二音」、「三音」四個術語的字作爲古漢語內部同源異形詞的範圍。因爲這四個術語的字都是一字異讀，依其體例又當不別義。《經典釋文》中的「又音某」、「又某某反」時常別義，適合作研究構詞法的材料，但本文正要儘量避免材料中有任何後起構詞法摻入。正好「二反」、「三反」、「二音」、「三音」是《經典釋文》既有的術語，又與「又音某」、「又某某反」不同，所以是個很適合研究的範圍。（詳第二章）

1.3. 研究方法

1.3.1. 遵循同源異形詞的性質

同源異形詞是同源詞（同族詞）的一種，同源詞共同的性質是：有共同來源，同源詞之間的差異，必須由原始形式到至少兩個同源詞的演變規律解釋。龔煌城強調（2011b：65）：

> 押韻與諧聲字可因音近而發生，同源字卻不能只因音近而同源。

同源異形詞的來源有三。第一種原爲子語言間的規則對應，即至少兩個子語言之間的轉換，經由移借進入其中一個子語言後，才成爲此其中一個子語言內部的轉換（詳 Hock 1991：385, 410, 415-417, 424）；第二種是個別子語言內部次發的轉換，經由類推或詞彙擴散形成（詳 Hock 1991：169）；第三種原爲原始語的方言差異，由子語言所繼承。因語言與方言是相對的概念，第三種亦可視爲第一種的一個小類。

由上可知，同源異形詞雖然最後都是個別子語言內部的轉換，其來源實際上包括同族詞所有的來源。無論來源爲何，共有的特色即是「不別義」，與別義的構詞法相對。

當一個音變發生於所有符合同一音韻條件的詞彙，這是全面性、規則性的音變。這樣的音變成因是條件分化，所以每個形式在原始形式就不完全同音，原始形式已經存在的分化條件，造成後來的演變。同源異形詞的音變，並未發生於所有符合同一音韻條件的詞彙，是局部性、偶發性的音變。梅廣（1994：10）：

> 由於巆屼和巉巖（以及嶕嶢）之間存在著音義關係，我們有充分信
> 心認定它們是同源詞。但是巆屼和嶕嶢的演變有一點重要的分別不
> 能忽視。嶕嶢的演變在漢語內部是規則的（regular）……巆屼的情
> 形不是這樣。由於巆屼、巉巖二讀並存，巆屼顯然不是一種規則性
> 的音韻演變下的結果。合理的解釋應是：這是一個方言異讀現象，
> 是局部的，甚至還可能是偶發的（sporadic）。這跟留存在韻書裡的
> 許多異讀字是一樣的性質。

只有全面性、規則性的音變，我們才能認為來自條件分化，也才有構擬分化條件的理由。同源異形詞來自相同的原始形式，我們不能為它們構擬分化的條件，更不該為了解釋它們而增加一個系統中原本不存在的擬音。

綜合上述，同源異形詞的三項性質如下：

1. 同源詞必須用音變解釋。

2. 不別義，不是構詞法。

3. 此音變是局部性音變。

遵循同源異形詞的性質，則我們必須為一組同源異形詞構擬一個相同的原始形式，兩者在原始形式不能有分別。

1.3.2. 解釋的原則

本文按照以下原則進行解釋，依優先次序排列如下：

1. 能同時解釋四類轉換中愈多類的說法愈優先：

本文以「古漢語內部的轉換」、「藏緬語內部的轉換」、「漢藏語之間的規則對應」、「漢藏語之間不太規則的對應」四者互參，如果其中幾項有類似的轉換關係，則此轉換關係很可能可以上推至原始漢藏語，亦即很可能是原生的轉換。古漢語內部轉換的研究也因此才能有漢藏語的意義。

金慶淑在研究《廣韻》反映的同源異形詞時，曾多次參照從原始漢藏語到藏緬語發生的演變，推測上古方言也有同類型的變化。例如：原始漢藏語的-ə元音演變到上古漢語保持不變，演變到藏緬語則變為-a。金慶淑（1993：240）據此認為之魚、蒸陽、微祭、文元、幽宵旁轉是同類型的-ə > -a 演變。原始漢藏語的-əgw、-əkw 到上古漢語保持不變，演變到藏緬語則變為-ug、-uk。金慶淑（1993：241）據此認為幽侯、中東旁轉是同類型的-əgw、-əkw、-əngw > -ug、-uk、-ung 演變。梅廣（1994：14-15）完全贊同金慶淑這樣的論述方式：

> 我們推測元音交替現象可能在原始漢語就已經出現了。金慶淑根據龔煌城的研究（Gong 1980），指出原始漢藏語有元音〔ə〕變〔a〕的規律，漢語的元音交替現象顯示這條規律在漢語支的內部也曾活躍過，雖然只是局部性甚至是偶發性的。……總之，藏緬語的央元音移動和古漢語央元音的移動，其發生條件即使不是完全一樣，也有足夠的相同點可以斷定二者的關係。由此看來，央元音的移動現象很可能在漢藏語系漢語支成立的時期就已經出現了。

當親屬語言有互相類似的轉換，即是亟需解釋的現象。而且此「亟需解釋」的順位最為優先。

除了藏緬語，本文使用的親屬語言或方言還包括白語，以及閩語等南方漢語方言。白語的系屬未定，有些學者（如鄭張尚芳 2012：754-807）認為屬於漢語族（或稱漢白語族）。根據汪鋒的研究，白語去除借詞後剩下的最老層次，應與漢語是同源詞而非借詞。由汪鋒列舉的對應關係，本文認為原始白語反映比上古漢語稍晚的格局，因此應確實屬於漢語族，與漢語或漢語方言分化的時間當在上古漢語之後（關於漢白比較，詳見 Wang 2006：125-165）。

2. 能同時解釋愈多音變的說法次優先：

如果幾個音變能組成平行演變或者鏈移，則各個音變的證據效力都會上升。龔煌城在重建以下這些演變規律時，除了轉換，還時常配合「平行演變」的證據。例如：首先是-angw > -an 與-əngw > -ən 的平行演變。宵元對轉（Gong 1976：34-56）：部分元部字（-an）與宵部（-agw、-akw）轉換，如將宵部圓唇成分算入韻尾，則宵部元音與元部相同，應是同部位韻尾輔音的轉換。與宵部相配的-angw 又正好是上古漢語系統的空缺。故認為是前上古的-angw 至

上古發生了-angw > -an 的全面性演變，成爲上古漢語元部的一部份，因此-angw 成爲空缺。幽文對轉（Gong 1976：63-69）：部分文部字（-ən）與幽部（-əgw、-əkw）轉換，如將幽部圓唇成分算入韻尾，則幽部元音與文部相同，應是同部位韻尾輔音的轉換。故認爲是前上古的-əngw 至上古發生了-əngw >-ən 的演變，成爲上古漢語文部的一部份。宵、幽兩部的「平行演變」，加強了-ngw > -n 此演變規律的可信度。

接著是-ing > -in、-ung > -un、-əng > -ən 的平行演變。龔煌城（Gong 1976：79）稱以下的轉換爲「方言變化」（dialektische Lautverschiebung）。我們知道，前人所說的方言變化，指的就是同源異形詞的演變規律。眞耕旁轉（Gong 1976：80-85）：部分眞部字（-in）與耕部（-ing）轉換，眞部與耕部元音相同。可認爲是前上古的-ing 發生了前上古-ing > 上古-in（> 中古 -ien）的方言變化，成爲上古漢語眞部的一部份。侯元對轉、東元旁轉（Gong 1976：85-91）：部分元部合口字（-uan）與侯、東部（-ug、-uk、-ung）轉換。與前上古-ing > 上古-in（> 中古-ien）的規律合看，可認爲是前上古的-ung 發生了前上古-ung > 上古-un > -uan 的方言變化，成爲上古漢語元部的一部份。之文對轉（Gong 1976：91-93）：部分文部舌尖聲母字（-ən）與之部（-əg）轉換。與前上古-ing > 上古-in（> 中古-ien）的規律合看，可認爲是前上古的 -əng 發生了前上古 -əng > 上古-ən（> 中古-uən）的方言變化，成爲上古漢語文部的一部份。

前上古-ing > 上古-in（> 中古-ien）

前上古-ung > 上古-un > -uan

前上古-əng > 上古-ən（> 中古-uən）

三者的「平行演變」，加強了-ng > -n 此演變規律的可信度，同時也顯示-i-、-u-元音構擬的正確。

最後是-əgw > -əd、-əkw > -ət 與-əngw > -ən 的平行演變。幽微旁轉（Gong 1976：7-10）：部分微部字（-əd、-ət）與幽部（-əgw、-əkw）轉換，幽部元音與微部相同。與上文幽文對轉-əngw > -ən 的規律合看，可認爲是前上古的-əgw、-əkw 發生了-əgw > -əd、-əkw > -ət 的方言變化，成爲上古漢語微部的一部份。-əgw > -əd、-əkw > -ət、-əngw > -ən 是「平行演變」。

前兩個例子顯示，相同的韻尾，在不同的主要元音後很可能發生平行的演

變；最後一個例子則顯示，相同的主要元音後，陰、陽、入聲韻尾很可能發生平行的演變。

其中，-angw > -an 是全面性演變，而局部性演變-əngw > -ən 則與之平行。這是將既有規律的適用範圍，由-a 元音擴大到了-ə 元音。根據平行演變原則，我們可以藉由已知的演變規律，解釋未知的現象，因爲是擴大已知規律的適用範圍，不用增加規律，避免造成系統的負擔。

3. 音變類型愈普遍的說法又次優先：

基於語言的共通性，即便不是親屬語言，也可能發生相同的演變。Ohala（1989：194）認爲，如果相似的音變，超越時空在不同時間的不同語言，甚至是沒有親屬關係的不同語言中出現，則應有語音上的普遍性，是普遍存在的演變類型。本文接受此泛時論的看法。

當三個原則衝突時，以原則 1.優先於 2.、3.，原則 2.又優先於 3.。如原則 1.反映的演變正好在類型上常見，則原則 3.可作爲原則 1.的補充。如原則 1.反映的演變在類型上不常見，仍得認爲發生此演變。因親屬語言四類轉換中不只一類出現同一類型的轉換，比起沒有親屬關係的不同語言，更加不可能是偶然。又依據同源詞的性質，我們必須用音變解釋。如原則 2.反映的演變正好在類型上常見，則原則 3.可作爲原則 2.的補充。如原則 2.反映的演變在類型上不常見，仍得認爲發生此演變。因類型上的常見只是個傾向，但平行演變或者鏈移的關係卻必需解釋。

1.3.3. 看待語音性材料的態度

同源詞在性質上必然反映音變。非同源詞的材料，則可能只表示共時語音相近的關係，不一定能反映歷時音韻演變。因性質上反映音近關係，而非同源關係，並不一定得構擬原始形式。這類材料，本文統稱爲「語音性材料」。

語音性材料能否反映音變，端看我們假設個別材料「音近」的程度有多高。艾約瑟（Edkins 1874：110）認爲同部位不同清濁、送氣的互諧也反映音變，此看法隱含著「諧聲必須同音」的假設。當我們對某類材料「音近」的程度假設得愈低，則我們認爲此類材料相對不能反映音變；當我們對某類材料「音近」的假設愈接近艾約瑟，亦即音近程度愈接近同音，則我們認爲此類材料相對反映音變。

正因爲語音性材料「需要假設到某種程度才可能反映音變」的特性，陸志韋（1999：189-230）開始將統計運用在語音性材料上。A、B 兩個集合的「相逢機遇數」可由此公式得出：A*B／（N-1）。A、B 分別是兩個集合的基數，N 是母體的基數，「相逢機遇數」是 A、B 兩個集合在隨機狀態下可能相逢的次數。如果 A、B 兩個集合的「實際相逢數」大於「相逢機遇數」，則兩者的接觸並非隨機，應該予以解釋。如果 A、B 兩個集合的「實際相逢數」不大於「相逢機遇數」，則統計上沒有理據認爲需要解釋。本文採納此傳統的看法。

因爲語音性材料「音近」的性質，在「假設到某種程度」或者「實際相逢數大於相逢機遇數」的前提下，始能反映「兩個音類互相轉換，此轉換可能來自音變」。同源詞因反映歷時的傳承關係，所以轉換關係只要存在，即必須用音變解釋，才能符合同源詞的基本性質。亦即，語音性材料在「假設到某種程度」或者「實際相逢數大於相逢機遇數」的前提下，始能反映與同源詞同等的現象。

語音性材料只能反映「音」的關係，語音性材料當中的諧聲能反映「形」、「音」的關係，同源詞則反映「音」、「義」的關係。語音性材料在「假設到某種程度」或者「實際相逢數大於相逢機遇數」的前提下，也能反映音變。其理論基礎正是：

「音」有關係的例子當中，其中有部分「音」、「義」都有關係；「形」、「音」有關係的例子當中，其中有部分「形」、「音」、「義」都有關係。亦即，因爲語音性材料當中包含部分同源詞，所以透過這些同源詞，語音性材料得以反映音變。又因爲語音性材料當中有許多並非同源詞，因此需要「假設到某種程度」或者「實際相逢數大於相逢機遇數」，排除單純音近但並非同源的部分。

本文遵循同源異形詞的性質（詳§1.3.1.），因此「兩個音類互相轉換，此轉換可能來自音變」只是前提，本文要進一步討論「此音變爲何」。除了使用同源異形詞，本文以張亞蓉（2011）對《說文》諧聲的統計數據，作爲語音性材料的代表。因爲《說文》諧聲有明確的母體，適合使用統計法。張亞蓉使用統計法又較謹愼，只解釋「實際相逢數大於相逢機遇數」的情況，並且注意第一層諧聲與第二層諧聲的不同。本文只在「實際相逢數大於相逢機遇數」時，才引用張亞蓉的統計數據，作爲與同源異形詞反映相同轉換的另一種材料。本文的重點是解釋「此音變爲何」，同源詞較能反映音變的方向，因此是最主要的材料，解釋的原則已見§1.3.2.。

　　當同源異形詞呈現的轉換，相同的接觸在諧聲不存在，或者很少，這該如何看待？語音性材料因爲反映共時的相似關係，主要反映文字發生以後的現象。語言分化時的演變因時代與語音性材料相去已遠，兩者並不共時，因此不具有共時相似關係的基礎。因此，本文認爲同源異形詞與諧聲的不合，反映音變發生的時間較早。同源異形詞的兩個形式反映語言分化時的音變，諧聲則反映造字時聲符與被諧字的音近。文字的歷史相對於語言的歷史時間短了許多，如果一個上古到中古之間發生的音變，應當在諧聲當中也會有端倪。所以，當同源異形詞呈現的轉換，相同的接觸在諧聲不存在，或者很少，反而顯示此音變發生的時間較接近原始漢藏語，至上古時已經趨於停止；當同源異形詞呈現的轉換，相同的接觸在諧聲中較多，則顯示這是個較爲晚近的音變，上古時代音變仍然活躍（詳見第六章）。〔註8〕

1.4. 預期成果

　　前人對於古漢語同源異形詞研究甚少。包括龔煌城（Gong 1976）在內，都以「同源詞」爲討論範圍。將討論範圍限縮於同源異形詞者，僅金慶淑一人。金慶淑（1993）已爲古漢語同源異形詞的研究奠定了豐厚的基礎。本文雖在金慶淑論文的基礎之上寫成，但與她的論文仍有不同之處。

　　首先，是著眼點的不同。金慶淑對於同源異形詞的內涵並未多加著墨，似以「同義又音字是同源異形詞」爲既定事實，主要著眼點是同源異形詞所反映的方言現象。本文則著眼於從「前語言」（此處指「前上古漢語」）到同源異形詞之間所發生的局部性演變規律，是歷史語言學「音變規律無例外」的大纛下，將例外納入既有規律的結果。從同源異形詞的性質可知，並不是所有同源異形詞都反映了方言，我們並沒有方法確認何者必爲方言，此亦並非本文的目的所在。本文在時間上，由上古漢語的轉換向上推至更古的「前上古漢語」；空間上，亦將上古不同方言放入「前上古漢語」的大尺度來看。由「前上古漢語」以下的局部性演變，可對同源異形詞提供完整的解釋。這個解釋能包含來自方言差異的同源異形詞，又不限於它們。除了因親屬語言（方言）之間移借造成的同源異形詞，還可能包含在個別語言內部經類推或

〔註 8〕或者從原始漢藏語直到上古時代音變皆活躍。

詞彙擴散造成的同源異形詞。方言差異並非同源異形詞的唯一來源。

其次，金慶淑似以尋找上古方言點爲重要的目標。本文認爲同源異形詞雖然部分反映方言音變，部分卻很可能並非「上古」方言，而是遠比上古更早的原始漢語甚至原始漢藏語的方言音變。因此，想要以春秋戰國的地理分區尋找上古方言點，恐怕難有成效。

最後，金慶淑首先將「古漢語同源異形詞的轉換」與「漢藏語之間的規則對應」一起討論。但是，一般來說「轉換」屬於內部構擬，「規則對應」屬於比較方法。原本似乎沒有兩者能夠互相解釋的理論基礎。馬蒂索夫將同族詞的定義擴大，使個別語言內部同源詞的轉換，取得與親屬語言規則對應幾乎相當的地位（詳§1.2.）。希望藉由本文的嘗試，可以在此視角下，將漢語同源異形詞的研究與漢藏語的研究相連結，使漢語同源異形詞不再只是個別語言內部的轉換，更是漢藏語同族詞轉換的一部分。

以下§1.5.先簡介原始漢藏語的音節結構，作爲以下各章討論對象的綱領。第二章將論證：《經典釋文》「二反」、「三反」、「二音」、「三音」字，類別具有封閉性，並且大部分是同義異音，所以可視爲同源異形詞。第三至第七章依序討論同源異形詞轉換所反映「聲母的發聲」、「聲母的調音」、「介音」、「主要元音」、「韻尾」的音變。因本文的目的，在解釋同源異形詞的兩個或三個形式之間的轉換來自什麼音變，參與轉換的形式必須爲已知項。相當於中古漢語「聲調」的音類，其原始漢藏語來源爲何，目前仍有爭議。不知參與轉換的形式爲何，就無從討論造成此轉換的音變爲何。因此，本文暫不討論聲調的轉換，亦在擬音中省略調號，僅在表格中列出中古調類。

1.5. 原始漢藏語的音節結構

本節先羅列原始漢藏語的音節結構，以及可擔任各位置的成分，詳細介紹詳相關章節。原始漢藏語的音節結構如下：

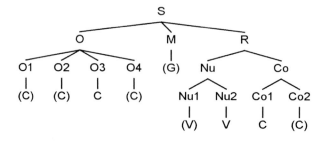

　　此處所用術語依據朱曉農（2012：38-77）。音節（S，syllable）分為必要的聲母（O，onset）與韻體（R，rime），以及非必要的介音（M，medial）。聲母由最多四個輔音（C，consonant）組成，其中 O3 為必要的聲幹，聲幹之前非必要的輔音 O1、O2 稱為前置輔音（pre-initial），聲幹之後非必要的輔音 O4 即「複聲母第二成分」。介音由滑音（G，glide）擔任。韻體分為主要元音（Nu，nuclear）〔註9〕與韻尾（Co，coda），兩者皆必要。主要元音由最多兩個元音（V，vowel）組成，主要元音為單元音時佔據 Nu2，為複元音時則佔據 Nu1 與 Nu2。韻尾由最多兩個輔音組成，韻尾為單輔音時佔據 Co1，非必要的輔音 Co2 稱為後附韻尾（post-coda）。聲母的 O3 與韻尾的 Co1 皆必要，不存在零聲母，也不存在零韻尾。

　　本節諸表以龔煌城（2004：52-53）為底本修改而成。

　　前置輔音（O1、O2）可由以下成分擔任：

b-	m-	
d-	s-	r-
g-	’-	

這幾個成分皆可擔任 O2，目前已知能擔任 O1 位置的有 b- 與 s-。〔註10〕

　　聲幹（O3）可由以下成分擔任：

p-	ph-	b-	m-			
t-	th-	d-	n-	r-	l-	hl-
ts-	tsh-	dz-	s-			
k-	kh-	g-	ng-			
kw-	khw-	gw-	ngw-			
ʔ-	h-					
ʔw-	hw-					

　　複聲母第二成分（O4）可由以下成分擔任：

-r-	-l-

〔註9〕朱曉農作「韻腹」，本文因討論的對象韻腹皆由元音擔任，統一稱為「主要元音」。

〔註10〕參看「八」*b-r-ʔjat、「脫」*s-g-luat（詳龔煌城 2011：109、211）。O1 與 O2 一樣可包括前綴和非前綴。

介音（M）可由以下成分擔任：

　　-j-

主要元音（Nu1+Nu2）可有以下組合：

　　-i　　　　　-u　　　　　-ə　　　　　-a

　　-ia　　　　-ua　　　　-iə

韻尾（Co1）可由以下成分擔任：

　　-p　　　　-b　　　　-m

　　-t　　　　-d　　　　-n　　　　　-r　　　　-l

　　-k　　　　-g　　　　-ng

　　-kw　　　-gw　　　-ngw

後附韻尾（Co2）目前確定可由以下成分擔任：

　　-s

　　聲調的來源尚有爭議，因此相當於中古漢語聲調的音類，本文不特別安放在音節結構中。

第二章 《經典釋文》及其二反、三反、二音、三音字概述

2.1. 《經典釋文》簡介與版本

　　《經典釋文》是以《周易》、《尚書》、《毛詩》、《周禮》、《儀禮》、《禮記》、《春秋左氏傳》、《春秋公羊傳》、《春秋穀梁傳》、《孝經》、《論語》、《老子》、《莊子》、《爾雅》十四部書的經文與注文爲對象，摘單字作注的音義書。

　　《經典釋文》傳世刻本，以徐乾學《通志堂經解》本《經典釋文》（以下稱「通志堂本」）與盧文弨抱經堂本《經典釋文》（以下稱「抱經堂本」）最爲通行。兩者皆以明末葉林宗影抄本爲底本；葉林宗本則據錢謙益絳雲樓所藏，得自明代文淵閣的宋本。絳雲樓大火，宋本焚毀，徐乾學便據葉林宗影抄本刻通志堂本。後來，許多清儒都校勘通志堂本。有的則仍以葉林宗影抄本爲底本，如段玉裁、臧庸、王筠（以上根據羅常培 1939：139-147）。盧文弨據葉林宗影抄本校勘，並以校勘本刻成抱經堂本。阮元則在《十三經注疏》中有《經典釋文校勘記》。

　　現藏北京圖書館的宋刻宋元遞修本《經典釋文》（以下稱「宋元遞修本」），是目前可知《經典釋文》最早的足本。黃華珍（2011：301）云：「有關資料顯示，遞修本原藏清宮，辛亥革命以後流落民間，直到一九四六年和一九四九年

才分兩次（第一次卷一至卷六，第二次卷七至卷三十）歸入北京圖書館館藏。」直到 1985 年，上海古籍出版社將它縮印出版，世人才得見宋元遞修本的面貌。

黃焯《經典釋文彙校》（1980），以通志堂本爲底本，用宋元遞修本、唐石經、敦煌出土唐寫本與之對勘。並採錄何煌、王筠、惠棟、臧鏞堂、戴震、盧文弨、顧廣圻、孫星衍、黃丕烈、阮元等清儒校語，以及吳承仕《經籍舊音辨證》、黃侃《經籍舊音辨證箋識》之說，集前人說法於一書。

張金泉、許建平《敦煌音義匯考》（1996）收錄與《釋文》相關的唐寫本殘卷，主要有《周易經典釋文》（伯 2617　斯 5735）、《尚書釋文》（伯 3315）、《禮記釋文》（殷 44）、《毛詩音》（伯 3383　斯 2729）、《禮記音》（斯 2053）、《論語鄭注音義》（殷 42）、《莊子釋文》（伯 3602）等。其中《尚書釋文》殘卷亦收錄於《涵芬樓秘籍》。此外，日本奈良興福寺藏古鈔本《經典釋文》殘卷，收錄於《京都帝國大學文學部景印舊鈔本》，後有狩野直喜校記；黃華珍《日本奈良興福寺藏兩種古鈔本研究》（2011）附有該殘卷書影。

黃坤堯、鄧仕樑《新校索引經典釋文》（1988），書後有黃坤堯《經典釋文補校》。黃坤堯在黃焯基礎上作進一步的校勘，除了內校，及與傳世版本對勘以外，還參考了敦煌唐寫本殘卷，以及《京都帝國大學文學部景印舊鈔本》所藏殘卷。

除此之外，尚有清人法偉堂的《經典釋文校記》。此書校勘不限於有版本爲證者。雖無版本異文，仍時常依音理校之。在其他清儒之外，別具一格。《法偉堂經典釋文校記遺稿》，2010 年始由邵榮芬編校出版。

本章所引《經典釋文》皆直接引自宋元遞修本，不加案語。相關校勘或討論請詳見〈附錄〉。

2.2. 「二反」、「三反」、「二音」、「三音」的形式特徵

2.2.1. 引　言

「二反」、「三反」、「二音」、「三音」是《經典釋文》四個性質相似的術語，各舉一例如下：

就燥蘇早、先皂二反。（本論文〈附錄〉編號 2-1）

娾烏郎、烏黨、烏浪三反。《說文》云：女人稱我曰娾。（〈附錄〉編號 29-4）

槐回、懷二音。（〈附錄〉編號 11-3）

慅慅郭騷、草、蕭三音。（〈附錄〉編號 29-23）

粗體爲經、注原文，非粗黑體爲《經典釋文》對經、注的注解。此處「二反」、「三反」、「二音」、「三音」的底線爲本文所加。注解當中帶有「二反」、「三反」、「二音」、「三音」四個術語的字，本文稱爲「二反」、「三反」、「二音」、「三音」字。

本文從《經典釋文》注釋的體例著眼，認爲「二反」、「三反」、「二音」、「三音」四個術語，在體例上即趨向反映同義異讀。文獻中的同義異讀，反映語言中的同源異形詞。因此，「二反」、「三反」、「二音」、「三音」字大多反映同源異形詞。

本文認爲「二反」、「三反」、「二音」、「三音」在注釋中的形式特徵，須從注釋當中的層次「注章」、「注句」爲視角切入。「注章」、「注句」兩個術語又需由其他術語定義。因此，§2.2.2.簡介字頭、字次、注例、注項等術語，§2.2.3.簡介首音、又音、或音、一音、音主等術語，§2.2.4.再以這些術語爲基礎，定義「注章」、「注句」兩個注釋的層級，並指出「二反」、「三反」、「二音」、「三音」特殊的形式特徵。

2.2.2. 字頭、字次、注例、注項

經文或注文中，《經典釋文》所注釋的字稱爲「字頭」。某個字擔任的每次字頭，稱爲此「字頭」的一「字次」。萬獻初（2004：33）：「《釋文》在不同篇目中爲同一被注字作注，不論分開注多少次，這個被注字稱一個『字頭』；同一個字頭在各處的出現次數稱爲『字次』。」以字頭「揭」爲例：

乃揭其列、其謁二反。（莊子・大宗師，〈附錄〉編號 26-4）

揭其謁、其列二反。（莊子・胠篋，〈附錄〉編號 27-1）

夫揭其列、其謁二反。（莊子・天運，〈附錄〉編號 27-3）

揭其列、其謁二反。（莊子・山木，〈附錄〉編號 27-5）

揭其列、其謁二反。（莊子・庚桑，〈附錄〉編號 28-1）

揭其列、其謁二反。（莊子・外物，〈附錄〉編號 28-2）

此六例皆出自《經典釋文・莊子音義》，《經典釋文》都注釋「揭」字，此「揭」字即「字頭」。此六例中的六個「揭」，稱爲字頭「揭」的六個「字次」。

「注例」是對一字次注釋的最大單位，「注項」則是「注例」中的最小單位。萬獻初（2004：33-34）：「《釋文》給一個字次所作的一條完整的注釋稱爲一條『注例』……一條注例中所作的音注、異文、義訓稱爲一次『注項』，一條注例中可能有多次注項。」例如：

摧我徂回反，沮也。或作催，音同。韓《詩》作讙，音千隹、子隹二反，就也。（〈附錄〉編號 5-3）

此例字頭爲「摧」。「徂回反，沮也。或作催，音同。韓詩作讙，音千隹、子隹二反，就也。」整段爲一「注例」，「徂回反」、「沮也」、「或作催」、「音同」、「韓詩作讙」、「音千隹、子隹二反」、「就也」分別都是一「注項」。其中「徂回反」、「音同」、「音千隹、子隹二反」是音注注項，「或作催」、「韓詩作讙」是異文注項，「沮也」、「就也」則是義訓注項。

2.2.3. 首音、又音、或音、一音、音主

注例中第一個音注注項稱爲「首音」；其他的音注注項稱爲「又音」；「又音」中《經典釋文》明言「或音」或「一音」的音注注項，稱爲「或音」或「一音」。《經典釋文・序錄》：

> 今之所撰，微加斟酌。若典籍常用，會理合時，便即遵承，標之於首。其音堪互用，義可竝行，或字有多音。眾家別讀，苟有所取，靡不畢書，各題氏姓，以相甄試。義乖於經，亦不悉記。其或音一音者，蓋出於淺近，示傳聞見，覽者察其衷焉。

一字有多音，是很常見的現象。在字頭相同的不同注例中，選作「首音」的音注注項可以不同，選用的標準是「會理」與「合時」。當異讀別義，異讀是不同的詞，可能是構詞法衍生的同源詞，可能是通假，甚至可能只是異文。因《經典釋文》爲解釋經典而作，此時列爲「首音」的音注注項，可能反映文本此處的使用義，此即「會理」。當異讀不別義，異讀是相同的詞的不同形式，即是同源異形詞。此時列爲「首音」的音注注項，可能是陸德明認爲最

常見的讀音，此即「合時」。

在「會理」或「合時」的考量下，未選爲首音的音注注項，即是又音。雖不是最「會理」或「合時」，因爲「音堪互用，義可竝行」，故列出異音別讀。其中的「或音」、「一音」，陸德明雖較不同意，仍列出聊備一說，即「蓋出於淺近，示傳聞見，覽者察其衷焉」。以下舉例說明：

> **無蛣**於全反，又於兗反。李又烏犬、烏玄二反。或巨兗反。（〈附錄〉
> 編號 9-4）

「於全反」爲「首音」；「又於兗反」、「李又烏犬、烏玄二反」、「或巨兗反」都是「又音」；其中「或巨兗反」又是「或音」。

前人音注的出處稱爲「音主」。上文引《經典釋文·序錄》：「眾家別讀，苟有所取，靡不畢書，各題氏姓，以相甄試」取自前人的音注，多在音注前冠上出處。如取自訓詁書籍，題作者姓氏；如取自字書，則題書名。以下舉例說明：

> **販**沈旋蒲板反，此依《詩》讀也。孫、郭方滿反。《字林》方但、方旦
> 二反。施乾蒲滿反。顧音板，又普姦、普練二反。（〈附錄〉編號 29-1、
> 29-2）

「蒲板反」的音主爲沈旋《集注爾雅》；「方滿反」的音主爲孫炎《爾雅注》，及郭璞《爾雅音義》或《爾雅注》；「方但、方旦二反」的音主爲呂忱《字林》；「音板，又普姦、普練二反」的音主爲顧野王《爾雅音》。有音主的音注注項不只作又音，亦可作首音。上例中「沈旋蒲板反」即作首音。

2.2.4. 注章、注句

在注例、注項之間應當還有「注章」、「注句」兩種體例。一條注例下的注項並不全以字頭爲直接注釋的對象。同一音主對同一字形的注釋，本文稱爲一「注章」，各注章注釋的字形，稱爲「注章訓字」。

同一注章的音主相同，因此「輯佚」最能彰顯「注章」這一概念。本文「注章」的界限，根據簡啓賢對《經典釋文》中《字林》佚文的選取標準，並由《字林》放大爲通則，適用於所有音主。〔註 1〕簡啓賢的基本選音原則有

〔註 1〕 目前本文沿用簡啓賢，但由於陸德明未明言體例，簡啓賢之說是否全然正確，日
　　　　後再繼續探索。

兩條（2003：35）：

> 一、「《字林》音 X」或「《字林》XX 反」，這類音注是《字林》音
> 注，它們在我們的選取之列。如《爾雅·釋木釋文》：「楥：《字
> 林》音寢。」《禮記·郊特牲釋文》：「冕：亡展反，《字林》亡
> 辯反。」

> 二、「《字林》」後的「或音」、「一音」，不是《字林》音注，我們一
> 律不取。如：《爾雅·釋獸釋文》：「蜼：音誄，《字林》余繡反。
> 或餘季、餘水二反。」後二音不是《字林》音注。

第二條的例子，《字林考逸》即輯作「蜼，余繡反」，並不包括後方的「或
餘季、餘水二反」。除了基本選音原則，簡啓賢還有以下取捨原則（2003：
36-37）：

> 一、《字林》釋義後的音可取，如《周易·繫辭釋文》：「剡……《字
> 林》云：銳也，囚冉反。」「囚冉反」爲《字林》音，因爲《禮
> 記·玉藻釋文》也有：「剡……《字林》囚冉反。」這樣的例
> 子遠不止一個，我們這裡不多舉。

> 二、《字林》「作 X」後的音可取，如《禮記·玉藻釋文》：「延……
> 《字林》作綖，弋善反。」「弋善反」是《字林》音，因爲《左
> 傳·桓公 2 年釋文》也有：「綖……《字林》弋善反，冠上覆。」

> 三、《字林》音注後緊跟著的「又音」可取，如《毛詩·卷阿釋文》：
> 「昄……《字林》方但反，又方旦反。」「方旦反」是《字林》
> 音，因爲《爾雅·釋詁釋文》：「昄……《字林》方但、方旦二
> 反。」《字林》不可能沒有多音字，而且這些多音字的各個音有
> 些還可能並不區分意義。

> 四、《字林》釋義後的「又音」可取，如《爾雅·釋言釋文》：「鬻
> ……《字林》作粥，云淖麋也，又與六反。」「與六反」是《字
> 林》音，因爲《禮記·問喪釋文》又有：「粥……《字林》與六
> 反，云淖麋也。」

> 五、《字林》「同」前面所引之音，我們稱之爲「同音」。如果「同

音」之前祇有一個音,《字林》音當然就是此音。如《毛詩・
緜釋文》:「捄:音俱,呂忱同。」如果「同音」之前有多個
音,則「同音」應該同前一作音人的第一音,《爾雅・釋詁釋
文》:「妥:孫(炎)他果反,郭(璞)他回反(透灰),又他
罪反(透賄),劉昌宗音《儀禮》同,《字林》亦同。」而《儀
禮・士虞禮釋文》:「妥:他果反,劉(昌宗)湯回反(透灰),
坐安也。」因此,《字林》應該「同」郭璞的第一音即「他回
反」。

……

六、《字林》釋義後的音注如果距離「《字林》」太遠,不可取,如
《莊子・逍遙遊釋文》:「《字林》云:爝,炬火也,子召反(精
笑)。爑,所以然持火者,子約反(精藥)。」而《儀禮・大射
釋文》:「爑,劉(昌宗)哉約反(精藥),《字林》子弔反(精
嘯)。」所以前一條中的「子約反」應該是劉昌宗音而不是《字
林》音。

七、《字林》「同音」後的「又音」不可取。如《爾雅・釋天釋文》:
「霆:徒丁反(定青),《字林》同。又徒佞(定徑)、徒頂(定
迥)二反。」這兩個「又音」都不是《字林》音,因爲《周
易・繫辭釋文》:「霆:王肅、呂忱音庭(定青),徐(邈)又
徒鼎反(定迥),又音定(定徑)。」可見,前一條材料的「又
音」是徐邈的。

由以上對注章的定義,以及簡啓賢對《經典釋文》中《字林》佚文的選取
標準,本文對「注章」界限的判斷標準如下:

一、同一注例中,標明音主,即更換注章。「或音」、「一音」視爲另一音
　　主,未標明音主的「又音」則視爲同一音主。

二、同一注例中,在音注、義訓注項之後,出現異文注項,或者轉而解釋
　　已出現的異文,即更換注章。

三、同一注例中,「音同」或「同」之後,即更換注章。

簡啓賢認爲可取的範圍,即本文注章的範圍。其中簡啓賢的「同音」應即

「音同」。簡啓賢取捨原則第一至四條皆在一「注章」之內，故曰可取。第五條解釋「音同」注章的訓字與前一注章的關係，此處「音同」表示此音主提供的音義與前注章的音主相同。第七條因注章遇「音同」則止，故其後「又音」已屬不同注章。第六條所謂距離太遠，應是跨過注章的界限，所舉例子如下：

> 爝本亦作燋，音爵。郭徂繳反。司馬云：然也。向云：人所然火也。一云爟火謂小火也。《字林》云：爝，炬火也；子召反。燋，所以然持火者；子約反。

《字林》所在注章爲「《字林》云：爝，炬火也；子召反。」，注章訓字是字頭「爝」。下一注章「燋，所以然持火者；子約反。」轉而解釋已出現的異文「燋」，故算作不同注章。底下再舉幾例說明「注章」的界限：

> 訰訰之閏、之訰二反。或作諄，音同。顧舍人云：夢夢、訰訰、煩、懣，亂也。（〈附錄〉編號29-25）

「之閏、之訰二反」爲一注章，第一注章的訓字即是字頭。「或作諄，音同。」爲一注章，因爲在音注注項「之閏、之訰二反」後，出現異文注項「或作諄」，所以更換注章，又注章遇「音同」則止。術語「音同」不只表示此注章訓字「諄」與前注章訓字「訰」音同，亦表示「諄」、「訰」二訓字「詞同」，兩者只是「字異」。「顧舍人云：夢夢、訰訰、煩、懣，亂也。」爲一注章，沒有異文注項的注章，一般即以字頭爲注章訓字。「音同」可簡作「同」：

> 鵠胡酷、古毒二反，白也。本亦作皜，同。《廣雅》作鮕。（〈附錄〉編號29-66）

當中的「同」與「音同」一樣，表示此章訓字「皜」與前章訓字「鵠」詞同而字異。

同一注章當中未標明音主的「又音」，爲不同「注句」。以§2.2.3.「昄」的注例爲例。此例有五個注章：「沈旋蒲板反，此依《詩》讀也」、「孫、郭方滿反」、「《字林》方但、方旦二反」、「施乾蒲滿反」、「顧音板，又普姦、普練二反」每更換一次音主，即更換一次注章。同一注章當中未標明音主的「又音」，爲不同「注句」。因此「顧音板，又普姦、普練二反」一注章，又分爲「顧音板」與「又普姦、普練二反」兩個注句。

由「注章」、「注句」爲視角，可看出「二反」、「三反」、「二音」、「三音」

的形式特徵是：位於同一注章、同一注句中的兩個或三個音注。

2.3. 多數「二反」、「三反」、「二音」、「三音」的性質 ——同義異讀

依《經典釋文》體例，如果「音主」或「字」不同，當分為不同注章；如果如果「字」同「詞」不同，則當分為不同注句。「二反」、「三反」、「二音」、「三音」在同一注章、同一注句中，卻有兩個或三個音注。因在同一注章，理論上不該是「字」的不同，亦並非音主的差異；如果要表示構詞法，應以「又音」表示，故理論上也不是構詞法造成的別義異讀。萬獻初認為「二反」、「三反」、「二音」、「三音」是同義異讀（2012：319）：

> 《釋文》集錄的「二音」、「三音」和「二反」、「三反」也有極少數
> 是記錄音變構詞的別義異音的，但95%以上都是同義異音。

本文將使用「二反」、「三反」、「二音」、「三音」當中的同義異讀，作為討論古漢語同源異形詞的範圍。因此必須排除不屬於同義異讀的情況。以下兩例，今本《經典釋文》為二反字：

> 華嶽戶化、戶瓜二反，本亦作山嶽。（禮記・中庸）
>
> 所倚依綺、於寄二反，注同。（禮記・中庸）

但根據《京都帝國大學文學部景印舊鈔本》，第一例作「戶化反，又戶花反，本亦作山嶽」，第二例則作「依綺反，徐於寄反，注同。」可見兩例原不是「二反」字。第一例的兩個反切原本屬於不同注句，第二例的兩個反切則原本屬於不同注章。不同注章、注句的音注之間的關係，本可能是「詞」的不同，因此本文不採用此兩例。

本文旨在解釋「二反」、「三反」、「二音」、「三音」中，兩個或三個音注之間的關係，避免跨注章、跨注句的討論。同源異形詞是一個詞的兩個或三個的形式，因此只要確保「二反」、「三反」、「二音」、「三音」中兩個或三個音注同詞即可。詞義由被注釋的語境確認，字頭、注章訓字的字形是否為這個詞的本字，不在討論範圍內。異文或通假的討論屬於詞的外部，這項討論可能牽扯多個詞之間的音義關係，則已非同源異形詞的範圍。本文只討論一個詞的至少兩個形式之間的關係，字頭、注章訓字的字形略異對本文的影響

不大。《經典釋文》所據經典版本與石經或其他傳本不必相同，當校者據異文校改《經典釋文》，本文皆不改（詳見〈附錄〉）。

部分「二反」、「三反」、「二音」、「三音」中的兩個或三個音注，在其他語境下可能是別義異讀，但在「二反」、「三反」、「二音」、「三音」被注釋的語境中如果沒有歧義，仍視爲同義異音。萬獻初（2012：316）：

> 「好」是典型的變調構詞：形容詞讀上聲，動詞讀去聲，但該語境中的「好」是專用名詞（玉器的孔），所以它的「二反」仍是同義異音。

原本不別義的轉換，可能因爲文白分工被誤認爲構詞法。因此本文的標準與萬獻初相同，只有當語境容許歧義時，才認爲是別義異讀（詳§2.4.）。

本文大致採信《廣韻》與《集韻》對《經典釋文》的詮釋。如果一音注在《廣韻》或《集韻》能找到對應的反切，即使校者引異文爲證，本文仍認爲其不誤。如果一音注用字在《廣韻》有兩種以上可能的音韻地位，以《集韻》對應的反切確認其音韻地位（詳見〈附錄〉）。

《廣韻》不同音類在《經典釋文》中有混切的現象，可混切範圍依據萬獻初（2012：171）：

> 綜合來看，聲母的混切多合清以來上古聲紐研究的結論：幫非混切即「古無輕唇」，端知混切即「古無舌上」，喻匣混切即「喻三歸匣」，娘日混切即「娘日歸泥」，徹穿混切是「正齒歸舌頭」；而從邪、崇禪的混切是同部位全濁塞擦音與擦音的混併，心曉混切是鄰近部位的清擦音混併，音理了然。韻的混切情況較爲複雜，舒聲韻（以平賅上去）：支脂之三者未分是《釋文》音切通例，三韻又或與微混切，少數與齊混切；佳皆、眞臻、先仙、蕭宵、庚耕、清青、尤幽混切是常例，東鍾、灰咍、咍肴、元仙、眞殷、臻殷、尤侯及咸攝中談鹽添咸銜嚴凡之間的混切用例少些，另有去聲至祭、霽祭、怪夬、夬禍的少數混切。入聲質術、曷末、轄鎋、屑薛、陌麥、錫昔、葉業的混切是常例，屋沃、屋燭、沃鐸、覺藥、質與職櫛迄薛、薛與月屑帖、職鐸、葉帖、洽狎的混切略少些。

此混切範圍本文僅有條件使用。如果一音注依《廣韻》音類，在《廣韻》

或《集韻》無法找到對應的反切，但經由上述混切可找到對應反切者，採用經由混切找到的對應反切。如果一音注在《廣韻》或《集韻》能找到對應的反切，即使與另外一音注在混切範圍之內，不認爲兩者同音。如果一音注在《廣韻》或《集韻》無法找到對應的反切，但與另外一音注在混切範圍之內，此時才認爲兩者同音（以上皆詳見〈附錄〉，並詳§2.5.）。

如果一音注在《廣韻》或《集韻》沒有完全對應的反切，但有其他成份相同，僅聲母清濁、送氣不同，或者聲調不同的反切，本文仍然不認爲兩者相對應。「二反」、「三反」、「二音」、「三音」的兩個或三個音注本來音近，如果用寬鬆的標準看待混切，則容易得出兩者同音的結論，進而忽視當中同源異形詞的轉換關係。

經由以上分析，校勘後「二反」、「三反」、「二音」、「三音」字共有 219 個注章訓字，其中有 4 個可能是別義異讀（詳§2.4.），12 個可能是同音反切（詳§2.5.），剩下 93%左右應是同義異音。

「二反」、「三反」、「二音」、「三音」65%用於首音，71%出自《爾雅》，27%標明音主。65%用於首音，代表此兩個或三個音注同樣「會理」與「合時」，故很可能是同義異讀。71%出自《爾雅》，代表所注釋的多爲古代名物的名稱。陸德明離上古已有一段時間，許多專名此時已難分辨何者「會理」或「合時」，可能只好照錄前人音注。又因所注釋的多是名詞，比起動詞較可能不是構詞法。27%標明音主，音主包括徐邈、李軌、孫炎、郭璞、施乾、謝嶠、顧野王、《說文》、《字林》、《玉篇》、字書共 11 家，顯示它們可能前有所承，並非陸德明獨創。萬獻初（2012：319-320）：

> 《釋文》集錄的「二音」、「三音」和「二反」、「三反」也有極少數
> 是記錄音變構詞的別義異音的，但 95%以上都是同義異音。它們有
> 75%被陸德明選定作首音，則表明他認爲某被注字讀 A 音、B 音或
> C 音都對，不必分正誤或主次。這說明古人字詞的讀音有一定的隨
> 意性和模糊度，陸德明時代漢語讀音的統一性和規定性還不很強。
> 《廣韻》的少數「又音」也反映了這種現象，但《釋文》共收有 214
> 條之多，集前人該類音注之大成，這是音義書偏於集錄舊音的性質
> 所決定的。該類音注多作首音，也說明是陸德明有意使用的注音方

法之一，不僅僅是爲了錄存前人所注音切以備一說。

「三音、三反」全部見於《爾雅》，「二音、二反」70%以上見於《爾雅》，這是因爲該類音讀多出現於容易產生同義異音現象的專用名詞中。《爾雅》是訓詁纂集，名物詞最多，又無語境限定，或古今音讀同現，或來自方言音讀，或各家師讀不同。雖然陸德明沒有每音都標出注音者，但這些音切應都引自前人、前書，他自己不可能也不必要爲一個字頭作三個不同的音切。這些冷僻的專名用字，在他的時代多只見於書面語而不見於口語，前人留下的讀書音如果有多個，就難定或不必定哪一個標準或正確，故他客觀地照實錄存，多音並列，不分主次，不加裁定。同形同義詞下疊置著不同時空來源的異音，這對漢語史的各分支研究都會有重要價值。

所言極是，但本文統計數字與萬獻初略有不同，已見上文。本文認爲《經典釋文》「二反」、「三反」、「二音」、「三音」多反映同源異形詞，理由有三：（一）體例的形式特徵顯示「二反」、「三反」、「二音」、「三音」應不別義。（二）由上述「該類音注多作首音」、「見於《爾雅》者爲最多」的分布特點，可以認爲是陸德明使用的術語（三）由「93%是同義異音」、「見於《爾雅》者爲最多」，可以認爲是與「容易產生同義異音現象的專用名詞」密切相關的術語。

只要是同義異讀字，就很可能是同源異形詞。前人研究最有貢獻者，當推金慶淑。她將《廣韻》同義又音字視爲同源異形詞，並認爲反映了上古方音（1993：3）：

「同義又音字」是所謂的「同源異形詞」（doublet），他們所反映的是屬於方音現象。

此方法自然可用於其他文獻中。《經典釋文》有著豐富的異讀，其中同義異讀字亦當不少，不獨「二反」、「三反」、「二音」、「三音」字爲然。但跨注章或跨注句的異讀，亦有反映構詞法的可能，從中找出同義異讀字猶如披沙揀金，又實在還沒有理據能確定何者必非構詞法。本文本著寧缺勿濫的精神，僅以「二反」、「三反」、「二音」、「三音」字爲範圍。因「二反」、「三反」、「二音」、「三音」是有封閉性的術語，除去少數例外，在此範圍之內視作同源異形詞應該可行。

2.4. 少數非同源異形詞的「二反」、「三反」、「二音」、「三音」之一──異義異讀

「二反」、「三反」、「二音」、「三音」多用於首音，因為此兩個或三個音注同樣「會理」與「合時」，所以很可能是同字、同詞的同義異讀。因「首音」的標準是「會理合時」，如果兩個或三個不同的詞，在此語境皆可通，兩者或三者皆「會理」，仍有可能成為「二反」、「三反」、「二音」、「三音」。下例二音字萬獻初認為並不同義：

材才、哉二音。（論語・公冶長）

萬獻初云（2012：311）：

> 「材」本讀「才」音為名詞，如果破讀通「哉」則為語氣詞，有人理解為「無所取材」，也有人理解為「無所取哉」，陸德明認為就文意來說兩者皆可通，所以注「二音」而存兩讀。

「材」的二音分別是「材」、「哉」兩個不同的詞。以下兩例則為二反字：

傳十二年批而普迷反，又蒲穴反。字林云：擊也，父迷、父節二反。（左傳・莊公十二年）

批備結反，一音鋪迷反。字林云：擊也，父迷、父節二反。（莊子・養生主）

萬獻初云（2012：316）：

> 「批」《廣韻・齊韻》「批：擊也、推也、轉也、示也、匹迷切」滂母、齊韻、平聲，而《莊子》「批大郤」郭象注作「有際之處，因而批而令離」，是「斜劈」義，故陸德明選「備結反」並母、屑韻、入聲作首音是存音變構詞的別義異音，「父迷反」與「匹迷反、鋪迷反、普迷反」同義而有「滂母」與「並母」的清濁之別，「父節反、蒲穴反」與「備結反」音義全同。

「批」的兩讀可能有構詞法的關係，在被注釋的語境下異義的兩讀又皆可通。以上三例，兩讀可能表示不同的兩個詞，因在語境中皆可通，才成為「二反」、「二音」字。此外，下例亦可能是不同的詞：

箬郭士角反，又捉、郎二音。（〈附錄〉編號 29-46）

「廓」形誤，據通志堂本作「廓」。「籗」在《集韻·覺韻》有「側角切」與「捉」相當，在《集韻·鐸韻》有「闊鑊切」與「廓」相當。但二音聲母相差甚遠。王書輝（2006：126）認爲：

> 又音「廓」，是讀「籗」爲「籗」。《說文》竹部：「籗，罩魚者也。從竹、靃聲。籗，籗或省。籗，籗或從崔」。「罩魚者」與郭璞注「捕魚籠」義近同。《廣韻》「籗」、「廓」二字同音「苦郭切」（溪紐鐸韻），「籗」字釋云：「《爾雅》注云『捕魚籠』，亦作籗，又仕角切。」是「籗」字亦有「士角」一音（士仕聲紐相同）。按「籗」之聲紐屬齒音，「籗」之聲紐屬牙音，相隔甚遠，不可互通。疑「籗」、「籗」二字本各自有音，後因二字形義俱近，自許慎《說文》即誤爲重文，而音亦互可通用。

「籗」的聲符「崔」屬宵部，「籗」的聲符「靃」屬魚部。本文暫時接受王書輝說，認爲「籗」、「籗」二字原不同音，因是近義詞，字形又近，音才相混。

2.5. 少數非同源異形詞的「二反」、「三反」、「二音」、「三音」之二——同音反切

萬獻初（2012：317）已認爲部分二反字爲同音反切，所舉例如下：

比 徐扶志、毗志二反。（〈附錄〉編號 4-1）

此二反下字屬志韻，因支脂之三者未分是《釋文》音切通例，實際上可能代表至韻，即法校所謂「當依〈伊訓〉改爲毗至反，徐扶至反」。因法偉堂有同書互見之例，可證陸爲混切。萬獻初認爲扶、毗皆讀並母，但《廣韻》「扶」有幫母、並母兩讀，此處「扶志」可能代表幫母一讀。「扶志」相當於《廣韻·至韻》、《集韻·至韻》的「必至切」；「毗志」相當於《廣韻·至韻》、《集韻·至韻》的「毗至切」。所以此二反可能並非同音反切。本文謹慎，仍依原文作同義異音。

本文雖然不贊同萬獻初的例子，但也認爲部分二反字可能是同音反切：

一、《廣韻》同音的反切

　　尰本或作瘇，同，並籀文㣮字也。蜀勇、時踵二反。（〈附錄〉編號 29-35）

　　此例爲《廣韻》同音的反切，我們只能暫時認爲在《釋文》也同音。下例依照《廣韻》的音類也是同音反切：

　　饐於冀反。《字林》云：飯傷熱溼也，央苙、央冀二反。（〈附錄〉編號 24-1）

　　但是簡啓賢指出（2003：45）：

　　「央苙、央冀二反。」在《廣韻》音系中同音，但在《字林》音系中「苙」爲質部，「冀」爲脂部，不同音。

　　黃侃亦云：「《字林》韻類豈必與《廣韻》同。」（見〈附錄〉編號 29-57）「饐」在《廣韻》雖同音，在《釋文》所引《字林》音系中，並不同音。因此「尰」在《廣韻》同音，也可能在《釋文》並不同音。只是目前無從得知兩者如何不同，我們只能暫時認爲在《釋文》也同音。

二、聲母混切造成的同音反切

　　于滑乎八、于八二反。（〈附錄〉編號 15-1）

　　鰈本或作鰨，同音牒，又剃臘、他盍二反。（〈附錄〉編號 29-94）

　　沮孫、郭同辭與、慈呂二反。謝子預反。施子余反。（〈附錄〉編號 29-96）

　　《釋文》喻三與匣混切，「滑」在《廣韻》、《集韻》皆沒有與喻三「于八」相當的讀法，所以此「乎八、于八二反」可能是同音反切。《釋文》端知可混切，「剃臘」反切上字屬於徹母，但可能代表透母。因此「剃臘」與「他盍」可能是同音反切。《釋文》從邪可混切，「辭與」反切上字屬於邪母，「慈呂」反切上字屬於從母，但兩者可能是同音反切。法偉堂則認爲「辭與、慈呂二音並舉，是陸亦分邪、從爲二紐也。」（見〈附錄〉編號 29-96）《廣韻》同音反切在《釋文》尚且可能不同音，何況是《廣韻》也不同音？但因無法確定，本文暫不處理。

三、韻母混切造成的同音反切

　　澭池符彪、皮流二反，水流貌。（〈附錄〉編號 6-3）

蓨郭湯彫、他周二反。顧他迪反。(〈附錄〉編號 30-9)

此兩例皆尤幽混切。《釋文》尤幽混切是常例,「滰」在《廣韻》、《集韻》皆沒有與尤韻「皮流」相當的讀法,趙少咸認爲此二反尤幽混用,或可從。亦即,「符彪、皮流二反」爲同音反切。「蓨」在《廣韻》、《集韻》皆沒有與尤韻「他周」相當的讀法,「湯彫、他周二反」可能是同音反切。

燎也音了,又力弔、力召二反。(〈附錄〉編號 6-5)

燎力皎反,又力召、力弔二反。(〈附錄〉編號 29-18)

獠郭音遼,夜獵也。又力召、力弔一反。或作燎,宵田也。(〈附錄〉編號 29-91)

以上三例皆蕭宵混切。《釋文》蕭宵混切是常例,「燎」在《廣韻》、《集韻》皆沒有與嘯韻「力弔」相當的讀法,趙少咸認爲此二反嘯笑不分,或可從。亦即,「力弔、力召二反」、「力召、力弔二反」爲同音反切。「獠」一例,依《釋文》通例,力召、力弔爲二反切,「一反」當據通志堂本作「二反」。「獠」在《廣韻》、《集韻》皆沒有與嘯韻「力弔」相當的讀法,此二反可能爲同音反切。

柴仕佳、巢諧二反。(〈附錄〉編號 24-2)

此例爲佳皆混切。《釋文》佳皆的混切是常例,「柴」在《廣韻》、《集韻》皆沒有與皆韻「巢諧」相當的讀法,所以此二反可能是同音反切。

陳本或作嵰字,同。郭魚檢反。《字林》云:山形似重甗,居儉反。顧力儉、力儼二反。(〈附錄〉編號 29-103)

法偉堂指出,儼韻無來母。(見〈附錄〉編號 29-103)《廣韻》、《集韻》確實沒有與「力儼」對應的一讀,《集韻》則有「力冉切」相當於「力儉」。《釋文》鹽嚴可混切,「力儉」、「力儼」兩者可能是同音反切。

本文謹愼,非所有在萬獻初認可的混切範圍內,本文都同意爲混切。上文「比」例有同書互見,此處諸例則一讀在《廣韻》、《集韻》皆無相應一讀,才尋求混切的解釋。若能在《廣韻》或《集韻》找到相應的一讀,即視爲同義異讀。

四、特殊情況

杙羊式、羊特二反，下句「雞棲於弋」音同。（〈附錄〉編號 29-41）

喻四一般不出現於一等韻。「羊特」反切上字屬喻四，反切下字卻屬一等。此反切以及《詩·兔罝·釋文》的「羊北反」，可能反映喻四的流音來源尚未完全變爲近音的形式（喻四的演變詳龔 2011b：35-39, 196-216），屬於較早期的反切。因爲韻母還未變爲三等，下字仍可使用一等字。若果眞如此，則此二反亦是同音反切。

本節以上諸例，目前暫時認爲有可能是同音反切。但也不能完全否認陸德明或陸所引他人著作，仍是同義異讀。《釋文》聲、韻不必與《廣韻》同，以上諸例都有可能是同義異讀。本文謹愼，既不敢說它們一定同音；卻也不敢在音類可混切，《廣韻》、《集韻》又皆無相應一讀的狀況下，還認爲一定是異讀。因此只好存疑，暫時不討論，待日後再探索。12 例可能同音的反切，也可能並非同音，仍是同義異讀。如果是同義異讀，「二反」、「三反」、「二音」、「三音」當中反映同源異形詞的比例可能更高。

第三章　聲母的發聲

3.1. 聲母總論

原始漢藏語前置輔音與藏文的前置輔音對應關係如下：

藏文轉寫	原始漢藏語音值
b-	b- ～ p-
d-	d- ～ t-
g-	g- ～ k-
r-	r- ～ hr-
m-	m-
'-	ɦ-
s-	s- ～ h-或ʔ-

藏文字母寫作 b-、d-、g-的三個前置輔音，依據藏語的 de Jong's rule（de Jong 1973：309-312），與後方聲母有清濁和諧的現象。例如前置輔音 g-後方為 l-時，音值為 g-；後方為 lh-時，音值為 k-。[註1] 書面藏語前置輔音 d-與 g-呈現互補分布，但柯蔚南由構詞法的轉換，認為古藏語兩者原有對立，互補分布為後起（Coblin 1976：61）。

聲母以及部分語言聲調的演變多受前置輔音影響。b-、d-、g-、r-四個前置輔音在聲母與聲調的演變有相同的表現，合稱 C-類前置輔音。b-、d-、g-

---

〔註 1〕Sagart（1999）即構擬 p-, t-, k-前綴，而非 b-, d-, g-。

皆與後方聲母有清濁和諧的現象，r-在聲母與聲調的演變與它們表現相同，或許也有清音的讀法。m-與'-在聲母與聲調的演變表現相同，合稱 N-類前置輔音。〔註2〕前置輔音 s-則在聲母與聲調的表現上自成一類，它在藏緬語的反映多與喉音 h-或ʔ-有關。彝緬語有喉冠舌尖塞擦音（如ʔdz-）的結構，可能即來自前置輔音 s-與舌尖塞擦音的組合。s-與舌尖塞擦音直接組合語音上可能有困難，因此前置輔音 s-在原始漢藏語可能已有喉音的變體 h-或ʔ-。彝緬語的前冠喉音ʔ-即來自此變體。〔註3〕關於前置輔音'-與 s-，詳見下節。

聲母的演變多受前置輔音的影響，本文認爲的聲母對應關係如下（詳下文的討論）：

原始漢藏語	上古漢語	古藏語	原始彝緬語	古緬甸語	彝語支調類	西夏語
*P-	*P-	Ph-	*P-	P-	高調類	*P-
*Ph-	*Ph-	Ph-	*Ph-	Ph-	高調類	*Ph-
*s-P（h）-	*s-P（h）-	s-P-	*HP-	Ph-	高調類	*P（h）-緊元音
*N-P（h）-	*N-P（h）-	N-Ph-	*NP（h）-	P-	高調類	*P（h）-
*C-P（h）-	*C-P（h）-	C-P-	*CP（h）-	P-	高調類	*P（h）-
*B-	*B-	B-	*B-	Ph-	低調類	*B-
*s-B-	*s-B-	s-B-	*HB-	Ph-	低調類	*B-緊元音
*N-B-	*N-B-	N-B-	*NB-	P-	低調類	*B-
*C-B-	*C-B-	C-B-	*CB-	P-	低調類	*B-
*M-	*M-	M-	*M-	M-	低調類	*M-
*s-M-	*hM-	s-M-	*s-M-	Mh-	低調類	*M-緊元音
*C-M-	*C-M-	C-M-	*C-M-	Mh-	高調類	*M-
*L-	*L-	L-	*L-	L-	低調類	*L-
*s-L-	*s-L-	〔註4〕	*s-L-	Lh-	低調類	〔註5〕
*N-L-	*N-L-	〔註4〕	*N-L-	L-	〔註6〕	*L-
*C-L-	*CL-	〔註4〕	*C-L-	CL-	高調類	*L-

〔註2〕此處僅指兩者在聲母與聲調的演變同類，並非認爲兩者爲同一音位。

〔註3〕詳馬蒂索夫（2002）。馬蒂所夫認爲'-與 s-同爲 H-類前置輔音，本文不採用此說。

〔註4〕藏語流音聲母的演變較複雜，參看 Jacques（2004）、Hill（2013）。

〔註5〕*s-l-變爲*lh-，*s-r-則變爲*ś-。

〔註6〕古緬甸語唯一的例子是「鬆脫、放出」kywat / khywat ～ lwat / hlwat 多個變體當中的 lwat。對應的原始彝緬語*k-lwatᴴ屬於高調類，相對應的彝語支語言如拉祜語 lêʔ 也都是高調類的形式，但這些都應對應多個變體當中的 kywat / khywat，屬於*C-l-一類。*N-l-一類因此在彝語支無例。

其中以 P-代表所有不送氣清塞音、塞擦音聲母，Ph-代表所有送氣清塞音、塞擦音聲母，B-代表所有濁塞音、塞擦音聲母，M-代表所有鼻音聲母，L-代表 l-與 r-，N-代表前置輔音’-與 m-，C-代表前置輔音 p-、t-、k-、r-。原始彝緬語、古緬甸語、彝語支調類的對應關係，採用田雅客（Dempsey 2005：1-30、2009：166）對馬蒂索夫（2002：1-23）的修正。此對應關係原針對閉音節（塞音結尾，類似入聲）。前冠的 H-代表前冠喉音 h-或ʔ-；前冠的 N-代表同部位前冠鼻音；前冠的 C-代表複輔音聲母。無論田雅客或馬蒂索夫的原始彝緬語都不區別清塞音、塞擦音送氣與否。本文接受龔煌城的看法，認爲原始漢藏語的塞音、塞擦音聲母有不送氣清音、送氣清音、濁音三向對立，並且原始彝緬語、古緬甸語仍能區別。龔煌城認爲（歸納自龔煌城 2011b：1-414 的同源詞）原始漢藏語不帶前置輔音的濁塞音、塞擦音聲母演變爲古緬甸語的不送氣清音，變爲送氣清音者皆受前置輔音 s-影響。本文則接受田雅客（Dempsey 2005：1-30）的看法，認爲原始漢藏語不帶前置輔音的濁塞音、塞擦音聲母演變爲古緬甸語的送氣清音，變爲不送氣清音者皆受 s-以外的前置輔音影響。本文認爲前置輔音’-在此處屬於 N-類前置輔音，不同於馬蒂索夫將它與 s-視爲同類（詳§3.2.6.）。

除了單聲母，聲母亦允許由複輔音組成，原始漢藏語的複輔音聲母（O3+O4）系統如下：

pr-	phr-	br-	mr-
kr-	khr-	gr-	ngr-
kwr-	khwr-	gwr-	ngwr-
ʔr-			
ʔwr-			
pl-	phl-	bl-	ml-
kl-	khl-	gl-	ngl-
kwl-	khwl-	gwl-	ngwl-

只有鈍音能夠與流音組成複聲母，應因爲 -r- 與 -l- 皆爲銳音，故不與其他的銳音組合。本章接下來將討論前置輔音與聲母清濁、送氣之間的關係。

3.2. 聲母的發聲總論

3.2.1. 發聲與調音

　　Ladefoged（1971：2-3）指出，發音可分爲四個不同的程序：氣流（the airstream process）、發聲（the phonation process）、口鼻（the oro-nasal process）、調音（articulatory process）。氣流機制的不同，是依據產生氣流的器官而定，較常見的語音多是肺部音，也就是由肺部產生氣流；其他的氣流機制則會產生非肺部音。發聲的不同，是依據喉頭的活動、聲門與聲帶的狀態而定，Ladefoged（1971：17）總共列出 9 種發聲態：glottal stop、creak、creaky voice、tense voice、voice、lax voice、murmur、breathy voice、voiceless。不細分的情況下，清濁、送氣的差異即屬於此範疇。口鼻的差別端看氣流是否從鼻腔通過，是則爲鼻音或鼻化音，否則爲口部音。調音則是氣流通過口腔時，藉由改變共鳴腔的形狀型塑語音。氣流通過口腔時，受到阻礙的部位，稱爲調音部位；阻礙的方式，稱爲調音方法。

　　原始漢藏語的構擬中，目前都是肺部音，因此氣流機制不需討論。本文以發聲、調音二分，本章討論聲母發聲的轉換，第四章討論聲母調音的轉換。口鼻的不同，則併入調音一章，與調音方法一起討論。

3.2.2. 原始漢藏語原生的聲母 h（w）-

　　曉、匣二母在中古爲清濁相對的擦音，爲人所接受至今。但兩者的原始漢藏語來源，大部分的情況下應非擦音。

　　龔煌城由漢藏比較，確認匣母一、四等對應藏語的 g-，應來自原始漢藏語的 g-、gw-，匣母二等來自'-gr-、gwr-，喻三則來自 gwrj-（龔煌城 2011b：39-41）。漢藏同源詞中，曉母則有兩種對應。一種對應古藏語舌根塞音（龔煌城 2011b：205-209）：

漢　字	上古漢語	古藏語	古緬甸語
虩	*skrjak>*xrjak	skrag	
赫（赤也）	*skhrak>*xrak	khrag	〔註7〕
赫（顯也）	*s-grak>*s-krak>*xrak	grags	krak
暉煇輝	*s-khwrjəl>*xwrjəl	khrol-khrol khrol-po	

　　四個例子都是曉母字。「虩」對應古藏語 sk-；「赫（赤也）」對應古藏語 kh-；「赫（顯也）」對應古藏語 g-與古緬甸語的 k-，由擬音可知，龔煌城認為原始漢藏語形式為*g-，上古漢語先受*s-清化變為*k-，再變為*x-；「暉煇輝」則是上古漢語*xw-對應古藏語 kh-，原始漢藏語央元音演變入古藏語，在圓唇舌根音聲母後變為-o-（龔煌城 2011b：87）。因曉母的漢藏同源詞幾乎都對應舌根塞音，龔煌城（2004：52-53）原始漢藏語的聲母系統只有舌根塞音，即視曉母*x-與*xw-為上古漢語的創新。

　　但曉母還另有一種對應，對應古藏語的聲母 h-（龔煌城 2011b：104）：

漢　字	上古漢語	古藏語
鼾	*xan	hal

　　雖然只有一例，卻值得我們重視。白保羅（Benedict 1972：33）已發現原始藏緬語的聲母*h-很少。馬蒂索夫注意到藏緬語的喉音聲母多為後起；並且非後起的喉音聲母中，一部份與人或動物發出聲響有關（Matisoff 2003：57-58）：

> There are convincing cognate sets in TB with **laryngeal** onsets for etyma with the following meanings: 'bark（v.）'; 'belch'; 'crow（n.）'; 'dumb'; 'gag'; 'hawk'（n.）; 'hiccup'; 'howl'; 'murmur'; 'sneeze'; 'snore'; 'owl'; 'whistle'; 'yawn', etc.

　　龍宇純發現古漢語亦有此現象（2002：422-423）：

〔註7〕 龔煌城認為古緬甸語的 rhak「慚愧、害羞」與古漢語的 xrak「赫（赤也）」、古藏語的 khrag「血」同源。但根據上節聲母對應表，古緬甸語清流音 rh-來自ʔr-或 s-r-。古緬甸語此例的原始形式亦根據緬彝語比較構擬為*s-rak（馬蒂索夫 2002：72），馬蒂索夫亦未引用漢、藏二語的形式，古緬甸語這個詞應不與漢、藏同源。

古人以曉母 h 音表喉間氣流聲，如《廣雅·釋詁二》諸言喘息之字：
喘字昌沇切，㗛字兌稢反（自此以下皆曹憲音），咭字虎夾反，欬字
虎夾反，欨字漢佳反，歌字苦訏反。㗛咭欨欨四字並曉母，喘歌並
送氣音，送氣音即是含曉母成分，無一例外；他如《說文》嚲下云
喘息，他干切；噓下云吹，朽居切；吹下云噓，昌垂切；喟下云大
息，丘貴切；嚀下云口气，他昆切；嘅下云嘆，苦蓋切；嘆下云大
息，他案切；亦不讀曉母，即爲送氣音。可見呼吸二字讀曉母，必
非偶然相會。

龍宇純發現古漢語與呼吸有關的詞彙，聲母多爲曉母或送氣音，並認爲
「送氣音即是含曉母成分」，此說詳見下文。將馬蒂索夫對藏緬語喉音的觀
察，以及龍宇純對古漢語曉母與送氣音的觀察，與上面「鼾」的漢藏比較合
看，應可得出以下觀點：原始漢藏語確實有原生的聲母 h-，並非所有 h-皆爲
後起。原始漢藏語雖有聲母 h-，但只分布於少數詞彙，亦即 h-是個邊際音位。
馬蒂索夫指出原始藏緬語有舌根塞音與 h-的轉換（Matisoff 2003：57）：

'earth' *ha~*r-ka

'gag/choke' *hak~*kak

'hide' *hway~*kwa（:）y

'roll' *hi:l~*ki:l

'steal' *hu~*r-kəw

此轉換顯示：原始藏緬語的邊際音位 h-，與 k-關係特別密切。又在白保
羅、馬蒂索夫的原始藏緬語系統中，清塞音、塞擦音聲母並沒有不送氣與送
氣的對立。若此 h-承襲自原始漢藏語，則可能在部分方言中與 k-或 kh-關係特
別密切。

3.2.3. 古漢語次清、全濁、h-、g-聲母之間的轉換

確認了 h-與 k（h）-密切的關係後，再看龍宇純提及的古漢語曉母與送氣
音的關係。龍宇純由同字異音、同源詞、聯緜詞、諧聲字四方面，論曉母、匣
母 〔註8〕與次清聲母、全濁聲母關係密切，跨部位次清聲母之間、跨部位全濁聲

〔註 8〕龍宇純的匣母皆包括喻三，以下不再強調。

母之間亦有接觸。曉母、匣母本質上即是送氣成分，又因爲全濁聲母爲送氣濁音，曉母、匣母、次清聲母、全濁聲母因帶有送氣成分才能互相接觸（龍宇純 2002：463-499）。

所舉同字異音——即本文所云「同源異形詞」——諸例中，「土」爲《經典釋文》二反字。

編號	注章訓字	上古韻部	音注	中古聲母	中古韻目	中古等第	中古開合	中古擬音	中古聲調
28-4	土	魚	片賈 許賈	滂 曉	馬 馬	二 二	開 開	pha xa	上 上

此例是滂母與曉母的轉換，此字《經典釋文》另有敕雅反與如字（他魯切）的透、徹母讀法，亦即跨三大發音部位的轉換關係。同字異音中，涉及唇音的例子尚有（龍宇純 2002：465-475）：

亨　　撫庚切／許庚切（撫庚切另有分化字「烹」）

魄　　普伯切／他各切

音　　匹候切／他候切（匹候切另有分化字「歆」）

第一例爲滂母與曉母的轉換，後兩例爲滂母與透母的轉換。其他同字異音之例不一一列出。同源詞的例子有（龍宇純 2002：477-484，順序經本文重新編排，標題爲本文所加）：

一、次清／曉母的轉換

（一）滂母／曉母

芳（敷方切）／香（許良切）〔註9〕

芬（撫文切）／薰（許云切）

葩（普巴切）／花（呼瓜切）

蒿、薧（匹鄙切）／喜（虛里切）

（二）透母／曉母

熥（他東切）／烘（呼東切）

（三）溪母／曉母

〔註9〕龍宇純所引反切大部分依據大徐。

恐（丘隴切）／兇（許拱切）

二、全濁／匣母、喻三、群母的轉換

（一）並母／匣母、喻三

咆（薄交切）／嗥（乎刀切）

方（步光切〔註10〕）／斻（胡郎切）

皮（符羈切）／韋（宇非切）

（二）定母／匣母、喻三

佗（徒何切）、柯（待可切）、馱（唐佐切）／何（胡歌切）、荷（胡可切）、賀（胡箇切）

遝（徒合切）／迨（侯閤切）

團（度官切）／丸（胡官切）、圜（王權切）

嘾（徒合切）／弓、含（胡男切）

覃（徒合切）／函（胡男切）

提（杜兮切）／攜（戶圭切）

莛（特丁切）／莖（戶耕切）

（三）定母／群母

眔（徒合切）／及（巨立切）

三、滂母／透母的轉換

胚（芳杯切）／胎（土來切）

四、並母／定母的轉換

防（符方切）／唐（徒郎切）

陂（蒲糜切）／池（直離切）

以上諸例可分爲四個部分：「次清／曉母的轉換」、「全濁／匣母、喻三、群母的轉換」、「滂母／透母的轉換」、「並母／定母的轉換」。聯緜詞的例子有（龍宇純 2002：484-488，順序經本文重新編排，標題爲本文所加）：

〔註10〕原作「府良切」，但此義當爲並母讀法，詳龍宇純（2002：480）。

一、次清、全濁在前＋曉母、匣母、群母在後

（一）次清＋曉母

1. 滂母＋曉母

    判（普半切）澳（火貫切）

2. 徹母＋曉母

    婪（丑廉切）妗（火占切）

（二）全濁＋匣母

徘（薄回切）徊（戶恢切）

盤（薄官切）桓（胡官切）

彷（步光切）徨（胡光切）

榜（薄庚切）穰（戶光切）

畔（薄半切）援（胡喚切）

跋（蒲末切）扈（侯古切）

（三）全濁＋群母

芙（防無切）渠（強魚切）、扶渠

（四）全濁＋曉母

枭（白交切）休（火交切）

彭（薄庚切）亨（許庚切）

二、曉母、匣母、群母在前＋全濁在後

（一）匣母＋全濁

渾（戶本切）敦（徒本切）、渾沌

餛（戶昆切）飩（徒渾切）、餫飩

菡（胡感切）藺（徒感切）

號（戶羔切）咷（道刀切）

符（胡郎切）簹（徒郎切）

（二）群母＋全濁

籧（強魚切）篨（直魚切）

（三）曉母＋全濁

虺（呼回切）穨（徒回切）

諧聲字的例子有（龍宇純 2002：488-497，順序經本文重新編排，標題爲本文所加，斜線之前爲被諧字，斜線之後爲聲符）：

一、被諧字為曉母

（一）聲符為雙唇塞音

釛／甹，鬟／髟

（二）聲符為舌尖塞音

喙／彖，嚆／薑，鯠／隶

二、被諧字為雙唇塞音

（一）聲符為舌尖塞音

亳／乇，彙／乩

（二）聲符為匣母

犯／㔾，氾／㔾

三、被諧字為舌尖塞音

（一）聲符為雙唇塞音

詢／匋，鞄／包，罄／缶，钇／乏，屄／乏，騁／甹

（二）聲符為匣母、喻三

啗／臽，窞／臽，歜／臽，啖／炎，談／炎，郯／炎，惔／炎，惔／炎，淡／炎，錟／炎，遝／眔，罄／合，饕／號，橆／虜，琴／今（含）〔註11〕，貪／今（含）

（三）聲符為溪母、曉母

趌／契，櫄／熏，郗／希，絺／希

同字異音、同源詞、聯緜詞、諧聲字四方面，皆顯示曉母、匣母（含喻三）、次清聲母、全濁聲母四者有著相似的成分，故四者能夠互相接觸（龍宇純 2002：463-499）。聯緜詞例中，郝懿行《爾雅義疏》謂「符籬即籧篨也」，

〔註11〕今字爲含字，从今聲即从含聲，詳龍宇純（2002：492）。

符籥、籧篨皆指「籧」這一物體。龍宇純的上古音系統「群」、「匣」二母並不同源，故原文將「籧篨」當作一般的「全濁+全濁」組合。本文採用李方桂系統，「群」、「匣」二母皆源自 g-、gw-，因此可將匣母的「符」與群母的「籧」視爲表示同一成分，即全濁聲母的「送氣成分」。〔註 12〕g-、gw-聲母的構擬已有漢藏比較的支持，故本文將 g-、gw-聲母作爲一個整體看待，並不由中古聲母再做切割。群母應與匣母、喻三爲一類，與並母、定母性質不同。

　　龍宇純對「送氣成分」的觀察，與將曉母、匣母分別擬爲 h-與 ɦ-很有關係。本文接受他的看法，認爲「次清聲母的送氣成分」、「全濁聲母的送氣成分」、[h-]、[ɦ-]四個「語音」相近。但並不因此構擬 h-與 ɦ-兩個音位。並非言語中所有語音皆必須構擬爲這個語言中獨立的音位。這四個相近的語音在音位上有何地位，則須再討論。

3.2.4. 古漢語部分次清、全濁聲母外加的送氣成分

　　龍宇純（2002：463-465）以「送氣成分」的討論爲基礎，認爲全濁聲母從上古漢語就是送氣濁音。「送氣濁音」在從前籠統以清濁、送氣爲維度的分類中，地位如下（以唇音爲例）：

	不　送　氣	送　氣
清	p	ph
濁	b	bh

　　隨著語音學的進步，現在已知「送氣濁音」與不送氣濁音的關係，並不同於清音的送氣、不送氣之間的關係。朱曉農（2012：273-315）由漢語方言的反映與亞洲東南部的語言類型，認爲中古漢語的全濁聲母當屬於「氣聲」當中的「弛聲（slack voice）」，弛聲也就是「清音濁流」。

　　由以上討論，似可認爲全濁聲母自始即爲氣聲。然而，梵漢對音顯示，全濁聲母在中古以前應爲不送氣，亦即應爲常態帶聲。李榮（1956：119）將隋以及隋以前各家梵文對譯歸納爲以下幾種情形：

〔註12〕暫時找不到更多的例子。

ḍa	茶	ḍha	重音茶	送氣濁音另加說明 [註13]
da	陀	dha	陀呵	送氣濁音對二字
ga	伽	gha	噉	送氣濁音對帶口旁字
da	輕陀	dha	輕檀	送氣濁音對鼻韻尾字

　　梵語有常態帶聲與濁送氣兩套濁聲母。梵漢對音以漢語全濁聲母對譯梵語常態帶聲，對譯梵語濁送氣時，則無法直接對譯。如果全濁聲母自始即爲氣聲，此現象即是以漢語的氣聲對譯梵語的常態帶聲，卻另外想曲折的辦法對譯梵語的氣聲，甚爲怪異。即使中古後期以後全濁聲母應是弛聲，至少在中古前期以及中古以前全濁聲母應仍是常態帶聲，才能解釋此現象。那又該如何解釋同源詞轉換反映的「送氣成分」？只能認爲全濁聲母的「送氣成分」應不屬於聲母本身，而是外加的成分。很可能正是這個成分使全濁聲母由常態帶聲變爲氣聲。

　　曾曉渝（2007：23-25）將中古同聲母的諧聲字數與《廣韻》收字對比：

幫　　組		端　　組		見　　組	
上古（諧聲字數）	中古(《廣韻》收字)	上古（諧聲字數）	中古(《廣韻》收字)	上古（諧聲字數）	中古(《廣韻》收字)
幫母聲符的：381 佔總數 56%	幫母字：787 佔總數 34%	端母聲符的：227 佔總數 46%	端母字：639 佔總數 29%	見母聲符的：1167 佔總數 81%	見母字：2017 佔總數 53%
滂母聲符的：80 佔總數 12%	滂母字：541 佔總數 24%	透母聲符的：52 佔總數 11%	透母字：553 佔總數 25%	溪母聲符的：164 佔總數 12%	溪母字：1078 佔總數 28%
並母聲符的：221 佔總數 32%	並母字：954 佔總數 42%	定母聲符的：214 佔總數 43%	定母字：1013 佔總數 46%	群母聲符的：94 佔總數 7%	群母字：717 佔總數 19%

　　諧聲字中以次清字爲聲符的字，在聲母同系的諧聲字中比例偏低，《廣韻》收字中的次清聲母字與之相比皆有所增加，全清字則相對減少。曾曉渝又根據俞敏、劉廣和的對音材料，發現「漢語全清聲母對應梵語不送氣清聲母」、「漢語全濁聲母對應梵語不送氣濁聲母」、「漢語次清聲母對應梵語送氣清聲母」的比例分別如下（2009：339，其中喻四此時因與禪母音近，故對音時與禪母合併計算）：

〔註13〕不送氣濁音以無標的「茶」對譯，送氣濁音則在「茶」之外以「重音」另加說明。

	後漢三國	東　晉	唐　代
見母對梵語 k	73%	79%	81%
章母對梵語 tɕ	92%	92%	94%
知端對梵語 ʈ	無字	100%	100%
端母對梵語 t	67%	65%	100%
幫母對梵語 p	72%	85%	96%

	後漢三國	東　晉	唐　代
群母對梵語 g	78%	93%	100%
禪喻對梵語 dʑ	73%	100%	90%
澄定對梵語 ɖ	100%	100%	100%
定母對梵語 d	93%	88%	100%
並母對梵語 b	71%	82%	100%

	後漢三國	東　晉	唐　代
溪母對梵語 kh	67%	83%	67%
昌母對梵語 tɕh	33%	67%	100%
徹透對梵語 ʈh	0%	50%	100%
透母對梵語 th	33%	75%	100%
滂母對梵語 ph	67%	67%	100%

　　「漢語全清聲母對應梵語不送氣清聲母」、「漢語全濁聲母對應梵語不送氣濁聲母」兩表中，後漢三國時各母比例皆已在 67%以上；「漢語次清聲母對應梵語送氣清聲母」一表中，後漢三國時各母比例則最高只有 67%，後兩個時期比例才上升。

　　此兩種比較顯示，次清聲母在後漢三國以前的地位，相較於全清、全濁，較不像獨立的聲母。曾曉渝（2007：4-33）因此認爲上古漢語的塞音、塞擦音聲母原只有清、濁二向對立。〔註14〕中古的次清後起，在成爲獨立的聲母之前，可能原是帶-h-的複聲母（曾曉渝 2009：342-344）。

　　本文同意部分次清可能後起，但並不認爲「全部」的次清都後起。曾曉渝

〔註14〕雖未明言，這同時意味著原始漢藏語也是清濁二向對立。

因爲將中古字母當作上古聲母分類的界限，才會得出此結論。討論上古漢語與原始漢藏語的聲母時，應將前置輔音與聲幹的不同組合都分開計算。因爲這些區別至遲在中古漢語已經合併，只有從漢藏比較，才能區分這些組合。因此，此議題事實上並非「塞音、塞擦音聲母是 p-、ph-、b-三向對立，還是 p-、b-二向對立」，而至少是「塞音、塞擦音聲母與三類前置輔音的組合，是 p-、s-p-、N-p-、C-p-、ph-、s-ph-、N-ph-、C-ph-、b-、s-b-、N-b-、C-b-十二向對立，還是 p-、s-p-、N-p-、C-p-、b-、s-b-、N-b-、C-b-八向對立」。〔註15〕以此爲視角，則我們仍無法認爲原始漢藏語沒有送氣清聲母（詳§3.1.聲母對應表）。

原始漢藏語與上古漢語應有送氣清聲母。但中古部分次清聲母，可能來自上古的不送氣清音與 h 的組合。由上文§3.2.3.聯緜詞諸例，送氣音在前、在後皆有例子，這個 h 也有可能在聲母的前面。

龍宇純（2002：463-465）在論述「次清聲母的送氣成分」、「全濁聲母的送氣成分」、[h-]、[ɦ-]四者相近後，因此進一步認爲全濁聲母是送氣濁音。本文則認爲，至遲到中古前期，全濁聲母本身是不送氣的常態帶聲，但部分次清、部分全濁聲母可能原本帶有外加成分，是這外加的成分造成它們與[h-]、[ɦ-]音近。

3.2.5. 小　結

一、從漢藏比較與藏緬比較確認，匣母來自 g-、gw-，部分曉母來自 k（h）-，部分曉母來自 h-，k（h）-與 h-在部分方言又關係特別密切。

二、「次清聲母的送氣成分」、「全濁聲母的送氣成分」、[h-]、[ɦ-]四個「語音」相近。

三、部分次清聲母、全濁聲母的送氣成分可能來自外加成分，並且此成分可能在前，也可能在後。

在「g-、gw-的構擬可靠」以及「k（h）-與 h-在部分方言關係特別密切」兩個前提下，若古漢語甚至原始漢藏語有[ɦ-]的語音，它很可能在部分方言中與 g-、gw-關係特別密切。此現象與 k（h）-與 h-的關係平行。以上論述並非爲漢語中古字母匣母而設，而是漢藏語來源爲 g-、gw-的音位，皆可能有此語音，

〔註15〕如果 N-類前置輔音、C-類前置輔音內部還有區別，則還能分出更多類。

此語音也可能出現在藏緬語言中，不獨漢語爲然。

至此，龍宇純的說法經由漢藏語的重新詮釋，可改寫爲：「h- ～ k（h）-」與「其他送氣清塞音、塞擦音聲母」、「所有的 g-（匣母、群母、喻三，以及帶 g-的喻四、邪母、船母、禪母）」與「其他濁塞音、塞擦音聲母」四者有著相似的語音成分。其中前兩者之間、後兩者之間關係較密切。

3.2.6. 前置輔音'-與部分濁聲母

古藏語構詞法中，前置輔音 s-可擔任及物動詞或使動詞的前綴，'-則可擔任不及物動詞的前綴。龔煌城（2011b：192）將此推廣於古漢語構詞法的同類現象上。全濁聲母與全清聲母有如下的轉換：

別　並母（《廣韻》「異也、離也」）：幫母（《廣韻》「分別」）

敗　並母（《廣韻》「自破曰敗」）：幫母（《廣韻》「破他曰敗」）

降　匣母（《廣韻》「降伏」）：見母（《廣韻》「下也、歸也、落也」）

此處全濁聲母皆是不及物動詞，全清聲母皆是及物動詞或使動詞。與古藏語不及物動詞'-與及物動詞或使動詞 s-的轉換合看，可認爲上古漢語不及物動詞與及物動詞或使動詞的關係，也是'-與 s-的轉換。亦即 sC-的組合中，如果 s-後方聲母爲濁塞音、塞擦音，s-會使之清化爲清塞音、塞擦音。

龔煌城（2011b：191-192）更提出「別」、「裂」同源的三向對立形式：

漢　字	上　古　漢　語	古藏語	古緬甸語
別	*'-brjat > *brjat > bjät	'-brad	
	*s-brjat > *prjat > pjät	sbrad	phrat
裂	*brjat > *rjat > ljät		prat

因「別」、「裂」同源，「別」的兩個音都構擬了前置輔音，「裂」很自然可以構擬爲沒有前置輔音的形式。「裂」brjat 是詞根形式，「別」'-brjat、s-brjat 都是由構詞法衍生的形式。由構詞法構擬了'-前綴之後，又由漢藏比較推廣到所有全濁聲母。「來母」、「喻四與邪母」分別對應藏緬語同源詞帶-r-、帶-l-的塞音聲母，原始漢藏語、上古漢語據此應構擬作帶有 b-、g-的-r-、-l-複輔音聲母。-r-、-l-前的 b-、g-聲母脫落成爲來母、喻四、邪母；有'-保護的 b-、g-聲母不脫落成爲全濁聲母；帶 s-的 b-、g-受前置輔音清化，成爲全清聲母。

這已跳脫個別詞族，將'-前置輔音構擬於所有 b-、g-聲母（龔煌城 2011b：187-216）。〔註16〕'-因此成爲龔煌城系統中，來母、喻四、邪母與全濁聲母在流音前的分化條件，也因此許多的全濁聲母前都得構擬前置輔音'-。

並非所有前置輔音都是前綴，但當 p-、t-、k-、r-、m-、'-、s-這幾個成分擔任前綴時，一定佔據前置輔音的位置。這幾個成分無論是前綴與否，在語音上都一樣，只有是否別義的不同。因此前綴的語音可用來證明相同成分非前綴時的語音，但不可反過來證明相同語音的前置輔音都是前綴。流音前濁聲母的分化條件是「前置輔音'-」，它們不需要是「'-前綴」。

蒲立本（Pulleyblank 1973：115-117）將漢語的清濁別義、藏文的'-以及緬語的名物化前綴 a-相關聯。馬蒂索夫認爲'-的音値是ʔə-（馬蒂索夫 2002：14注 28），也是因爲認爲藏文的'-與緬文的ʔə-（蒲立本所說的 a-）、景頗語的 n□、拉祜語的 □-、比蘇語的ʔang 等名物化的前綴同源。此音値的構擬，與認爲'-作前綴時來自名語化前綴，此二看法互爲表裡。只要切斷'-與名語化前綴的關係，即不再有理由認爲音値是ʔə-。羅仁地指出（LaPolla 2003：23）：

> Pulleyblank's association of the voicing distinction in Chinese with the
> a- prefix in Burmese is also problematic, as the latter is a nominalizer,
> not an intransitivizer, and is independent of the voicing distinction.

'-作前綴時多出現於動詞，此時多擔任不及物前綴的功能，應與嘉絨語的不及物前綴 nga-同源。嘉絨語方言茶堡話的反映則是 a-/□-（向柏林、陳珍 2007：904-906）。〔註17〕 Hill（2009：115-139）認爲古藏語的字母'-擔任聲母以及韻尾時，音値皆是[ɦ]，擔任前置輔音時是同部位前冠鼻音，並認爲前冠鼻音也可由[ɦ-]變來。本文接受此說。

龔煌城（龔煌城 2011b：187-216）將前置輔音'-構擬爲來母、喻四、邪母與全濁聲母在流音前的分化條件，原本在語音上並無有力證據。但與「部分全濁聲母在上古有外加的送氣成分」、「全濁聲母最晚在中古晚期以後爲氣聲」、「藏語同一字母擔任聲母與韻尾時語音爲[ɦ]」等現象一起考慮，則'-的語

〔註16〕 d-、dz-是銳音，後方不與流音組合。中古知、莊二系在上古的 r-是前置輔音。

〔註17〕 向柏林、陳珍（2007：906）認爲上古漢語中與嘉絨語 nga-同源的形式是 ng-，本文雖認爲兩者同源，但認爲漢語的形式不是 ng-而是 ɦ-。

音眞實性將大幅上升。'-演變入上古漢語語音保留[ɦ-]。因部分全濁聲母在上古漢語帶有'-[ɦ-]，此'-[ɦ-]可能正是「外加的送氣成分」。濁塞音、塞擦音由常態帶聲變爲氣聲，應有語音條件，此條件也可能正是[ɦ-]。濁塞音、塞擦音原本是常態帶聲，氣聲的語音可能源自前置[ɦ-]對常態帶聲的影響，後來部分方言中，所有常態帶聲與氣聲合流，於是中古晚期以後部分方言全濁聲母全爲氣聲。演變如下（C-表示常態帶聲，Cɦ-表示氣聲）：

上　　古		濁塞音分化		氣聲產生		中古晚期
C-[C-]	>	C-[C-]	>	C-[C-]	>	C-[Cɦ-]
'-C-[ɦ-C-]	>	C-[ɦ-C-]	>	C-[Cɦ-]	>	C-[Cɦ-]

3.2.7. 前置輔音 s-與部分送氣清聲母

本文接受龔煌城的看法，認爲原始漢藏語的塞音、塞擦音聲母有不送氣清音、送氣清音、濁音三向對立，不認爲所有的次清聲母皆爲後起。底下再度列出§3.1.聲母對應表的清塞音、塞擦音部分：

原始漢藏語	上古漢語	古藏語	原始彝緬語	古緬甸語	彝語支調類	西夏語
*P-	*P-	Ph-	*P-	P-	高調類	*P-
*Ph-	*Ph-	Ph-	*Ph-	Ph-	高調類	*Ph-
*s-P（h）-	*s-P（h）-	s-P-	*HP-	Ph-	高調類	*P（h）-緊元音
*N-P（h）-	*N-P（h）-	N-Ph-	*NP（h）-	P-	高調類	*P（h）-
*C-P（h）-	*C-P（h）-	C-P-	*CP（h）-	P-	高調類	*P（h）-

第一列、第二列分別是不帶前置輔音的不送氣清音、送氣清音，兩者大部分情況不變。但第三列部分來自原始漢藏語的不送氣清音，在古緬甸語皆演變爲送氣清音，這個使古緬甸語聲母變爲送氣的成分，在原始彝緬語即在聲母之前。古漢語部分次清很可能來自這個來源，並且發生原始彝緬語到古緬甸語類似的演變。亦即：

s-P（h）- > s-P-[sP-] > s-P-[hP-] > Ph-

其中最後的送氣並非承襲自原始漢藏語，而是來自原始漢藏語的前置輔音 s-。原始漢藏語的前置輔音 s-語音上先變爲[h-]，再使聲母變爲送氣清聲母。此[h-]可能即部分次清外加的「送氣成分」。

3.3. 上古濁塞音、塞擦音與不送氣清塞音、塞擦音的轉換

3.3.1. 總　論

以下§3.3.2.至§3.3.5.幾組同源異形詞是上古濁塞音、塞擦音與不送氣清塞音、塞擦音的轉換。

諧聲字亦有類似的接觸。張亞蓉統計，全濁與全清的實際相逢數如下（張亞蓉 2011：147-148）：

全　濁　與　全　清	實　際　相　逢　數
並母和幫母	259
定母和端母	44
澄母和知母	11
從母和精母	119
崇母和莊母	6
船母和章母	0
群母和見母	147

林靜怡認爲此類互諧不需解釋（林靜怡 2011：70）：

> 除了本母互諧計算結果無一例外不作討論，同部位塞音互相諧聲，
> 如「幫、滂、並」；「端、透、定」；「見、溪、群」及同部位塞擦音、
> 擦音互相諧聲，如「精、清、從、心」；「莊、初、崇、生」皆爲平
> 行的諧聲關係，且相遇倍數（見表三）多在 1 以上，清儒研究至今
> 已有定論，本文僅呈現統計數據，並針對清儒「照二歸精」、「古無
> 舌上音」、「古無輕唇音」提出證據，不再做細部討論，而是聚焦於
> 尚無定論的部分。

在《經典釋文》「二反」、「三反」、「二音」、「三音」字與《廣韻》同義又音字中，聲母的轉換以同部位轉換爲大宗。兩個字可以因音近而諧聲，同源異形詞的兩讀卻不能因音近而同源。同部位塞音的轉換、同部位塞擦音的轉換，也是需要解釋的現象。李正芬（2001：43-44）注意到《經典釋文・莊子音義》有清濁混切的現象，並多出現於北人的音切中：

> 向秀、呂忱、郭象皆是西晉北人，當時晉室尚未南渡，三人的語音
> 系統應屬北方系統，以其年代而言，在整個漢語語音的變化通則上，

都無法說明其清濁混切是濁音清化的現象，但若要說這些混切的狀況是例外，又太過整齊，不得不令人猜測，這是方言所致，亦即這些注家的唇音系統中可能清濁並不能清楚劃分，而不是濁音清化的結果。

清濁相混在代表南音系統的李軌、陸德明，以及受南音影響的徐邈反切中是很少見的，在陸德明龐大的反切數量中，也僅出現八條。

李正芬的論點有三：

一、此為方言現象。

二、不是濁音清化的結果。

三、南人如陸德明的系統中少見。

《經典釋文》「二反」、「三反」、「二音」、「三音」字此類轉換現象，以不標音主為多，標明音主的多為郭象、《字林》、孫炎等北人，但也有南人顧野王的音切。無論以不標音主，或者以首音為陸德明的音讀，此類現象都不少見。李正芬是以混切的視點看《經典釋文》，所以忽視「二反」、「三反」、「二音」、「三音」字。

同義異讀比混切更直接反映方言現象，李正芬第一點判斷應該正確。音主多為郭象、《字林》、孫炎等北人，顯示北方此類現象確實不少。但由顧野王與陸德明可知，此類現象又不專屬於北方，分布應更為普遍。

僅認為是方言現象並未解決問題，我們仍舊得問從上古漢語甚至更早，經由什麼演變規律才成為此方言形式。由於郭璞、顧野王除了濁與不送氣清音的轉換，也有濁與送氣清音的轉換（詳§3.4.）。顯示不能單純認為他們的方言某兩類不分，否則無法解釋濁、不送氣清、送氣清三類如何轉換。如果認為發生濁音清化，只是演變條件與中古以後不同，會較好解釋此方言現象。而且中古以後的全濁聲母是弛聲，因此中古以後的濁音清化事實上是「消弛」的現象；上古的濁聲母是常態帶聲，中古以前發生的濁音清化才是真正的「清化（帶聲變為清聲）」。因此兩者演變條件不同很自然。

金慶淑注意到漢藏語系前置輔音對聲母清濁、送氣的影響，即認為此方言現象可能是以詞頭（本文稱前置輔音）為條件的濁音清化（金慶淑1993：202）：

至於上古濁母為何一變送氣清母，一變不送氣清母的問題：據中古

濁母清化的情形來看，平聲變爲送氣清母；仄聲變爲不送氣清母。然又音語料並不一致，似乎與聲調無關。本文認爲濁母清化後有送氣不送氣之別，很可能與上古時代的詞頭有關，因爲原始漢藏語爲詞頭相當發達的語言，上古方音中濁母變爲清母時，由於詞頭之關係，一變送氣清母，一變不送氣清母的可能性較大，但難以確定，將待考。

前置輔音對聲母清濁、送氣的影響，在藏緬語極爲明顯。馬蒂索夫認爲：藏緬語聲母的清濁、送氣亦很不穩定（Matisoff 2003：16）：

> Nothing in fact is more unstable in diachronic TB phonology than the voicing or aspiration of initial obstruents; there are innumerable TB word families with both voiced and voiceless allofams.

馬蒂索夫（Matisoff 2003：15-16）並認爲：藏緬語的前置輔音與聲母之間有著錯綜複雜的互相影響。清聲母易受濁前置輔音類化爲濁聲母，清前置輔音則可能使濁聲母清化或者送氣化。如果如金慶淑所認爲，前置輔音對聲母的影響是漢藏語系共有的特質，則在金慶淑所提的濁音清化演變之外，此類轉換很可能也有清音濁化的例子在內。濁音清化可能受前置輔音 s-的影響，清音濁化則可能受濁前置輔音 m-或'-的影響，一如藏緬語所顯示的演變類型。但以語言演變的普遍性考量，濁音清化佔的比例可能較多。影響聲母演變的前置輔音不一定是前綴，這與「影響聲母演變的介音不一定是中綴」是類似的現象。我們只能確定它們是音韻現象，但它們不一定同時是構詞現象。

類似的轉換關係，在構詞法中也有。構詞法中這樣的關係是前置輔音 s-與'-的轉換（已詳§3.2.6.），如（龔煌城 2011b：192）：

別	s-brjat	幫母	《廣韻》「分別」
	'-brjat	並母	《廣韻》「異也、離也」

但「同源異形詞」之間，不是構詞法的關係。同樣是全清、全濁聲母，兩者不一定是相同的轉換。如果比照構詞法，爲所有這樣的同源異形詞構擬前置輔音 s-與'-，是把它們視作全面性演變（以唇音爲例）：

s-b- > p-

'-b- > b-

　　但這不符合同源異形詞的性質，同源異形詞發生的是局部性演變（詳§1.3.1.）。本文認爲發生了方言演變 b- > p-。

3.3.2. 上古唇音聲母的轉換

編號	注章訓字	上古韻部	音注	中古聲母	中古韻目	中古等第	中古開合	中古擬音	中古聲調
4-1	比	脂	扶志	幫	志（至）	三	開	bi	去
			毗志	並	志（至）	三	開	bi	去

　　「比」一例爲聲母 p- 與 b- 的轉換。可能聲母 b- 清化爲 p-，或者 p- 在前置輔音 m- 或 '- 後濁化爲 b-。

3.3.3. 上古舌尖塞音聲母的轉換

一、中古端母與定母在上古的轉換

編號	注章訓字	上古韻部	音注	中古聲母	中古韻目	中古等第	中古開合	中古擬音	中古聲調
29-42	陔	佳	都奚	端	齊	四	開	tiei	平
			徒雞	定	齊	四	開	diei	平

　　「陔」一例爲聲母 t- 與 d- 的轉換。可能聲母 d- 清化爲 t-，或者 t- 在前置輔音 m- 或 '- 後濁化爲 d-。

二、中古知母與澄母在上古的轉換

編號	注章訓字	上古韻部	音注	中古聲母	中古韻目	中古等第	中古開合	中古擬音	中古聲調
29-75	著	魚	陟慮	知	御	三	開	ţjwo	去
			遲慮	澄	御	三	開	ḍjwo	去
30-26	鶷	祭	貞刮	知	鎋	二	合	ţwat	入
			直活	澄	末	一	合	ḍuât	入

　　「著」、「鶷」二例爲 r-t- 與 r-d- 的轉換。知系字皆有前置輔音 r-（龔煌城 2011b：171-176）。r- 屬於 C- 類前置輔音，這類前置輔音一般並不影響聲母的清濁、送氣。因此，應是 d- 直接清化爲 t-。

三、中古章母與禪母在上古的轉換

編號	注章訓字	上古韻部	音注	中古聲母	中古韻目	中古等第	中古開合	中古擬音	中古聲調
29-100	屬	侯	章玉	章	燭	三	合	tɕjwok	入
			時欲	禪	燭	三	合	ʑjwok	入

「屬」一例爲 tj- 與 dj- 的轉換。

四、中古章母與定母在上古的轉換

編號	注章訓字	上古韻部	音注	中古聲母	中古韻目	中古等第	中古開合	中古擬音	中古聲調
30-29	鷏	眞	田	定	先	四	開	dien	平
			眞	章	眞	三	開	tɕjěn	平

「鷏」一例爲 d- 與 tj- 的轉換，三等一讀有介音 -j-。除了聲母可能 d- 清化爲 t-，或者 t- 在前置輔音 m- 或 '- 後濁化爲 d-；其中一讀又發生了介音的演變（詳§5.3.3.）。

3.3.4. 上古舌尖塞擦音聲母的轉換

一、中古精母與從母在上古的轉換

編號	注章訓字	上古韻部	音注	中古聲母	中古韻目	中古等第	中古開合	中古擬音	中古聲調
29-5	擎	幽	子由	精	尤	三	開	tsjǒu	平
			徂秋	從	尤	三	開	dzjǒu	平
29-37	檝	緝	子葉	精	葉	三	開	tsjäp	入
			才入	從	緝	三	開	dzjəp	入
29-101	崒	微	子恤	精	術	三	合	tsjuět	入
			才戌	從	術	三	合	dzjuět	入
29-102	崒	微	才沒	從	沒	一	合	dzuət	入
			子出	精	術	三	合	tsjuět	入

「擎」、「檝」、「崒」諸例，是聲母 ts- 與 dz- 的轉換。可能聲母 dz- 清化爲 ts-，或者 ts- 在前置輔音 m- 或 '- 後濁化爲 dz-。其中「崒」第二組二反音主爲《字林》。

《廣韻》「遒」有同義又音「自秋」、「即由」，「自秋」與「徂秋」同，「即由」與「子由」同。金慶淑（1993：211）即爲《廣韻》「即由」一讀構擬 *dzjəgw>*tsjəgw 的方言變化。

二、中古莊母與崇母在上古的轉換

編號	注章訓字	上古韻部	音注	中古聲母	中古韻目	中古等第	中古開合	中古擬音	中古聲調
29-58	斮	魚	莊略	莊	藥	三	開	tʂjak	入
			牀略	崇	藥	三	開	dzjak	入
29-73	巢	宵	仕交	崇	肴	二	開	dzạu	平
			莊交	莊	肴	二	開	tʂạu	平

「斮」、「巢」二例是 r-ts- 與 r-dz- 的轉換，莊系字皆有前置輔音 r-（龔煌城 2011b：171-176）。與知系類似，應是 dz-清化爲 ts-。其中「巢」的音主爲孫炎、顧野王，孫炎爲北人、顧野王爲南人。

3.3.5. 上古舌根音聲母的轉換

一、中古見母與群母在上古的轉換

編號	注章訓字	上古韻部	音注	中古聲母	中古韻目	中古等第	中古開合	中古擬音	中古聲調
3-1	璣	微	渠依	群	微	三	開	gjĕi	平
			居沂	見	微	三	開	kjĕi	平
6-4	烘	東	巨凶	群	鍾	三	合	gjwong	平
			甘凶	見	鍾	三	合	kjwong	平
26-1	跔	侯	紀于	見	虞	三	合	kju	平
			求于	群	虞	三	合	gju	平
29-52	裾	魚	居	見	魚	三	開	kjwo	平
			渠	群	魚	三	開	gjwo	平
29-53	衿	侵	今	見	侵	三	開	kjəm	平
			鉗	群	鹽	三	開	gjäm	平
30-20	鞠	幽	居六	見	屋	三	合	kjuk	入
			巨六	群	屋	三	合	gjuk	入
30-21	鱖	祭	几綴	見	祭	三	合	kjwäi	去
			巨月	群	月	三	合	gjwɐt	入

「璣」、「烘」、「跔」、「裾」、「衿」、「鞠」、「鱖」諸例，是聲母 k- 與 g- 的

轉換。可能聲母 g-清化爲 k-，或者 k-在前置輔音 m-或'-後濁化爲 g-。其中「璣」音主爲《玉篇》，「烘」音主爲《說文》，「裾」、「衿」音主爲郭璞，「鱖」音主爲《字林》。《玉篇》作者顧野王爲南人。

二、中古見母與匣母在上古的轉換

編號	注章訓字	上古韻部	音注	中古聲母	中古韻目	中古等第	中古開合	中古擬音	中古聲調
29-32	琄	元	胡犬	匣	銑	四	合	ɣiwen	上
			古犬	見	銑	四	合	kiwen	上
29-59	羹	陽	古衡	見	庚	二	開	kɐng	平
			下庚	匣	庚	二	開	ɣɐng	平
29-66	鵠	幽	胡酷	匣	沃	一	合	ɣuok	入
			古毒	見	沃	一	合	kuok	入
29-104	陘	耕	胡經	匣	青	四	開	ɣieng	平
			古定	見	徑	四	開	kieng	去
30-30	獥	宵	胡狄	匣	錫	四	開	ɣiek	入
			古狄	見	錫	四	開	kiek	入
			工弔	見	嘯	四	開	kieu	去

「琄」、「羹」、「鵠」、「陘」、「獥」諸例，是見母與匣母的轉換。這幾組也是聲母 k-與 g-的轉換，可能的變化亦同。其中「陘」音主爲郭璞。

3.4. 上古濁塞音、塞擦音與送氣清塞音、塞擦音的轉換

3.4.1. 總　論

以下§3.4.2.至§3.4.5.幾組同源異形詞則是上古濁塞音、塞擦音與送氣清塞音、塞擦音的轉換。諧聲字亦有類似的接觸。張亞蓉統計，全濁與次清的實際相逢數如下（張亞蓉 2011：147-148）：

全濁與次清	實際相逢數
並母和滂母	50
定母和透母	40
澄母和徹母	4
從母和清母	42
崇母和初母	4
船母和昌母	0
群母和溪母	10

艾約瑟（Edkins 1874：110）認爲此類互諧可能間接反映音變：

Thus 弟 ti 'brother,' has initial d with the sense 'brother', 'brotherly regard', 'sister,' but the aspirated t with the senses 'ladder,' 'weep,' 'shave,' 'tears,' and some others.　If we could find no trace in the language of these words having changed their initial from d to t aspirate since the invention of the phonetic, we should be obliged to conclude that the phonetic was used irregularly.　It is possible however that, with a fuller knowledge, this irregularity may disappear.　For example, when we find a word 'to weep' pronounced di, and another called t'i, it is possible that the last may have been changed from the former.

他舉了「涕」《廣韻》「他禮切」（t'i）與《集韻》「待禮切」（di），認爲看似「例外」的同部位塞音相諧，可能反映聲母 d > t' 的演變。因諧聲系列當中部分詞有清濁兩讀，才造成貌似清濁互諧的景象。我們不可因爲同部位互諧比例甚高，反而放過可能反映的音變。

因此「上古濁塞音、塞擦音與送氣清塞音、塞擦音的轉換」，與「上古濁塞音、塞擦音與不送氣清塞音、塞擦音的轉換」類似（詳§3.3.1），本文認爲是方言現象。可能發生了濁音清化的演變，送氣與否可能受前置輔音影響。依據藏緬語顯示的現象，也有可能是清聲母受前置輔音 m-或'-類化爲濁音。

3.4.2. 上古唇音聲母的轉換

編號	注章訓字	上古韻部	音注	中古聲母	中古韻目	中古等第	中古開合	中古擬音	中古聲調
29-3	摽	宵	普交	滂	肴	二	開	phau	平
			符表	並	小	三	開	bjäu	上
29-22	踣	侯	孚豆	滂	候	一	開	phǒu	去
			蒲侯	並	侯	一	開	bǒu	平
30-11	藨	宵	平表	並	小	三	開	bjäu	上
			白交	並	肴	二	開	bau	平
			普苗	滂	宵	三	開	phjäu	平
29-50	罦	幽	浮	並	尤	三	開	bjǒu	平
			孚	滂	虞	三	合	phju	平

「摽」、「踣」、「蔗」、「罪」諸例，是聲母 ph- 與 b- 的轉換。可能聲母 b-
清化爲 ph-，或者 ph- 在前置輔音 m- 或'-後濁化爲 b-。「蔗」音主爲顧野王，
顧野王是南人，顯示此類現象不只出現於北方（詳§3.3.1）。

3.4.3. 上古舌尖塞音聲母的轉換

編號	注章訓字	上古韻部	音注	中古聲母	中古韻目	中古等第	中古開合	中古擬音	中古聲調
29-69	琡	幽	昌育	昌	屋	三	合	tɕhjuk	入
			常育	禪	屋	三	合	ʑjuk	入

「琡」一例是 thj- 與 dj- 的轉換，章系有介音-j-。可能 dj- 清化爲 thj-，或者
thj- 在前置輔音 m- 或'-後濁化爲 dj-。

3.4.4. 上古舌尖塞擦音聲母的轉換

一、中古清母與從母在上古的轉換

編號	注章訓字	上古韻部	音注	中古聲母	中古韻目	中古等第	中古開合	中古擬音	中古聲調
27-6	愀	幽	在久	從	有	三	開	dzjǒu	上
			七小	清	小	三	開	tshjäu	上
30-5	薩	魚	才河	從	歌	一	開	dzâ	平
			采苦	清	姥	一	合	tshuo	上

「愀」、「薩」二例是 tsh- 與 dz- 的轉換。可能 dz- 清化爲 tsh-，或者 tsh- 在前
置輔音 m- 或'-後濁化爲 dz-。「薩」音主爲郭璞（詳§3.3.1）。

二、中古初母與崇母在上古的轉換

編號	注章訓字	上古韻部	音注	中古聲母	中古韻目	中古等第	中古開合	中古擬音	中古聲調
29-86	欃	談	初銜	初	銜	二	開	tʂham	平
			仕杉	崇	咸	二	開	dʐǎm	平

「欃」一例是 r-tsh- 與 r-dz- 的轉換，莊系字有前置輔音 r-（龔煌城 2011b：
171-176）。r- 屬於 C-類前置輔音，這類前置輔音一般並不影響聲母的清濁、送
氣。因此，此例應是 dz- 清化爲 tsh-。

3.4.5. 上古舌根音聲母的轉換

一、中古溪母與群母在上古的轉換

編號	注章訓字	上古韻部	音注	中古聲母	中古韻目	中古等第	中古開合	中古擬音	中古聲調
21-1	揭	祭	其例	群	祭	三	開	gjwäi	去
			去列	溪	薛	三	開	khjät	入

「揭」一例是 kh- 與 g- 的轉換。可能 g- 清化爲 kh-，或者 kh- 在前置輔音 m- 或 '- 後濁化爲 g-。

《廣韻》「揭」有同義又音「丘竭」、「居竭」、「渠列」，「丘竭」與「去列」同，「渠列」與「其例」只有去、入之別。金慶淑（1993：223）爲此兩讀構擬了如下演變：

*grjiat 〔註18〕	>	不變	渠列切
	>	*khrjiat（方音變化）	丘竭切

二、中古溪母與匣母在上古的轉換

編號	注章訓字	上古韻部	音注	中古聲母	中古韻目	中古等第	中古開合	中古擬音	中古聲調
29-61	緷	文	戶本	匣	混	一	合	ɣuən	上
			苦本	溪	混	一	合	khuən	上
30-17	蜆	元	下顯	匣	銑	四	開	ɣien	上
			苦見	溪	霰	四	開	khien	去

「緷」、「蜆」二例是中古溪母與匣母在上古的轉換。匣母上古也是 g-，故可能的演變與上文「一、」的群母同。

《廣韻》「蜆」有同義又音「胡典」、「苦甸」，「胡典」與「下顯」同，「苦甸」與「苦見」同。金慶淑（1993：223）爲「苦見」一讀構擬了 *gian > *khian 的方言變化。

〔註18〕原文作 *griat，但三讀皆三等讀，應誤。

三、中古溪母與來母在上古的轉換

編號	注章訓字	上古韻部	音注	中古聲母	中古韻目	中古等第	中古開合	中古擬音	中古聲調
21-2	纇	微	力對	來	隊	一	合	luâi	去
			欺類	溪	至	三	合	khjwi	去

如§3.2.6.所述，'-是流音前濁塞音的分化條件，流音前濁塞音前方無'-時脫落，中古成爲來母；前方有'-時保存，中古成爲全濁聲母。「纇」是中古來母與溪母在上古的轉換。來母一讀可能是 gr-的反映，因前方沒有'-，聲母中的 g-按規則演變即會脫落，成爲中古來母。因此此例應是 gr-與 kh-的轉換，與匣母、群母僅中古聲母不同，上古聲母相同。

四、中古昌母與邪母合口在上古的轉換

編號	注章訓字	上古韻部	音注	中古聲母	中古韻目	中古等第	中古開合	中古擬音	中古聲調
29-26	紃	文	囚春	邪	諄	三	合	zjuĕn	平
			昌沿	昌	仙	三	合	tɕhjwän	平

邪母合口爲*gwlj-的反映（詳§4.6.2.）。「紃」也屬於舌根音的諧聲系列（龔煌城 2005：78-79）：

川　*khwljən > tɕhjwän

訓　*skhwjəns > *xwjəns > xjuən

因此「紃」的邪母一讀爲*gwlj-的反映，昌母一讀爲*khwlj-的反映。可能是*gwlj-清化爲*khwlj-，或者*khwlj-在前置輔音 m-或'-後濁化爲*gwlj-。

3.5. 上古不送氣清塞音、塞擦音與送氣清塞音、塞擦音的轉換

3.5.1. 總　論

以下§3.5.2.至§3.5.4.幾組是上古不送氣清塞音、塞擦音與送氣清塞音、塞擦音的轉換。

諧聲字亦有類似的接觸。張亞蓉統計，全濁與次清的實際相逢數如下（張

亞蓉 2011：146-147）：

全　清　與　次　清	實　際　相　逢　數
幫母和滂母	116
端母和透母	13
知母和徹母	13
精母和清母	64
莊母和初母	7
章母和昌母	14
見母和溪母	198

古藏語前置輔音 s-、r-、l-、b-、d-、g-後不接送氣清聲母，前置輔音 m-、'-後不接不送氣清聲母。沒有前置輔音時，大部分清聲母爲送氣清聲母；少部分不送氣清聲母，則多出現在形容詞，尤其重疊形容詞中，因此並不參與動詞變化（李方桂 2012：284）。李方桂（2012：267-292）根據古藏語動詞變化中，不送氣清聲母與送氣清聲母的轉換，認爲當中的送氣清聲母爲原始形式，前方接前置輔音 s-、r-、l-、b-、d-、g-時，受前置輔音影響變爲不送氣。金慶淑（1993：202-203）認爲可以做相反解釋，即不送氣清聲母爲原始形式，前置輔音 s-、r-、l-、b-、d-、g-後保存，其他環境下變爲送氣。龔煌城（2011b：194）指出「原始漢藏語的不送氣清塞音在藏文中通常變成送氣音」，看法與金慶淑相同。金慶淑並進一步用古藏語的演變解釋上古漢語不送氣清塞音、塞擦音與送氣清塞音、塞擦音的轉換（金慶淑 1993：203）：

> 本文認爲在藏文曾發生不送氣音變成送氣音的變化，認爲此種變化
> 在藏文發生，也可能在漢語地區發生。其音變情形爲：k->kh-，t->th-，
> p->ph-。

本文贊成此說。除此之外，上文§3.2.7.已指出，部分中古次清聲母，可能來自 s-P（h）- > s-P-[sP-] > s-P-[hP-] > Ph-的演變規律。如果前置輔音 s-在演變途中即丟失，還來不及使聲母變爲送氣，則應會變成不送氣清聲母。本文認爲，部分全清與次清的轉換可能反映此現象，亦即當中次清一讀經過規律音變，全清一讀則是殘餘。除了 k->kh-，t->th-，p->ph-的方言現象，至少部分可能與前置輔音 s-的脫落有關。

3.5.2. 上古唇音聲母的轉換

編號	注章訓字	上古韻部	音注	中古聲母	中古韻目	中古等第	中古開合	中古擬音	中古聲調
29-11	抨	耕	普耕	滂	耕	二	開	phɛng	平
			補耕	幫	耕	二	開	pɛng	平
30-3	薦	眞	補殄	幫	銑	四	開	pien	上
			匹綫	滂	仙	三	開	phjiän	平
30-4	秠	之	匹几	滂	旨	三	開	phji	上
			匹九	滂	有	三	開	phjǒu	上
			夫九	幫	有	三	開	pjǒu	上

「抨」、「薦」、「秠」諸例是 p- 與 ph- 的轉換，可能發生 p- 變爲 ph- 的變化。或者 s-p- 經過 s-p（h）- > s-p-[sp-] > s-p-[hp-] > ph- 的演變規律變爲 ph-，如 s-p- 的 s- 在途中脫落，則變爲 p-。

3.5.3. 上古舌尖塞擦音聲母的轉換

編號	注章訓字	上古韻部	音注	中古聲母	中古韻目	中古等第	中古開合	中古擬音	中古聲調
5-3	漼	微	千佳	清	脂	三	合	tshjwi	平
			子佳	精	脂	三	合	tsjwi	平
7-1	且	魚	子餘	精	魚	三	開	tsjwo	平
			七敘	清	語	三	開	tshjwo	去
28-5	愀	幽	七了	清	篠	四	開	tshieu	上
			子了	精	篠	四	開	tsieu	上

「漼」、「且」、「愀」諸例是 ts- 與 tsh- 的轉換，可能發生 ts- 變爲 tsh- 的變化。如果原始漢藏語中 s- 與 ts- 可以組合，則當在一開始即以[h-]的變體進行。若此，則此例也可能是 s-ts-[h-ts-] 經過 s-ts-[h-ts-] > tsh- 的演變規律變爲 tsh-，如 s-ts-[h-ts-]的 s-[h-]在途中脫落，則變爲 ts-。

3.5.4. 上古舌根音聲母的轉換

編號	注章訓字	上古韻部	音注	中古聲母	中古韻目	中古等第	中古開合	中古擬音	中古聲調
13-1	厭	葉	羌據	溪	御	三	開	khjwo	去
			公荅	見	合	一	開	kâp	入
30-39	闋	脂	苦穴	溪	屑	四	合	khiwet	入
			古穴	見	屑	四	合	kiwet	入
30-43	觭	歌	丘戲	溪	支	三	開	khjě	平
			江亘	見	支	三	開	kjě	平

「厭」、「闋」、「觭」諸例是 k- 與 kh- 的轉換，可能發生 k- 變為 kh- 的變化。或者 s-k- 經過 s-k- > s-k-[hk-] > kh- 的演變規律變為 kh-，如 s-k- 的 s- 在途中脫落，則變為 k-。

第四章 聲母的調音

4.1. 聲母的調音總論

上一章已討論與聲母的發聲相關的轉換，本章則討論與聲母的調音相關者。先討論聲幹自發的演變，再討論受前後成分影響造成者。聲幹自發的演變，先討論調音方式的演變，再討論聲幹為複雜輔音時第二調音部位的演變。

語音依響度大小可排列為以下響音層級：

元音 ＞ 近音 ＞ 鼻音 ＞ 擦音 ＞ 塞擦音 ＞ 塞音

元音響度最大，塞音響度最小。其中[ʔ]、[h]、[ɦ]三個語音，響音層級屬於近音（Maddieson 1984：57，ĥ代表 ɦ，下同）：

The classification of segments such as /h/ and /ĥ/ has been considered as members of the class of "laryngeals" together with /ʔ/, and others have emphasized their similarity to vowels and approximants.

「弱化（lenition）」是語言普遍存在的音變，指語音在響音層級的升高（Lass 1984：178）：

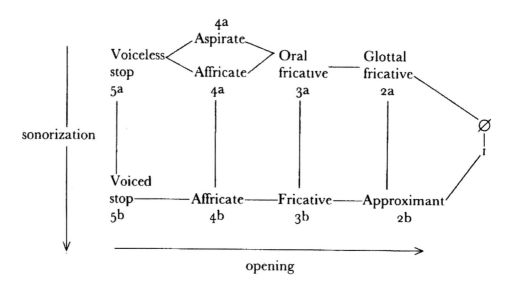

以 5a 的清塞音為起點，1 的零語音為終點，有兩條可能的弱化途徑。一為：「清塞音 5a ＞ 送氣清塞音或塞擦音 4a ＞ 口部擦音 3a ＞ [h-]2a ＞ [Ø-]1」，另一個為：先「清塞音 5a ＞ 濁塞音 5b」，再「濁塞音 5b ＞ 濁塞擦音 4b ＞ 濁擦音 3b ＞ 近音 2b ＞[Ø-]1」。由 5 ＞ 4 ＞ 3 ＞ 2 ＞1 或 a ＞ b 都屬於弱化，反之則屬於強化。「強化（fortition）」是語音在響音層級的降低。只要響音層級改變，即依據其改變的方向稱為弱化或強化。並不見得經過每個中間階段。

4.2. 塞音、塞擦音、擦音之間的轉換

4.2.1. 舌尖塞音與塞擦音的轉換

編號	注章訓字	上古韻部	音注	中古聲母	中古韻目	中古等第	中古開合	中古擬音	中古聲調
30-37	齝	之	丑之	徹	之	三	開	thï	平
			初其	初	之	三	開	tʂhï	平

這組是上古舌尖塞音與塞擦音的轉換。龍宇純（2002：487-497）亦曾提及若干塞音與塞擦音接觸的例子：

聯緜詞：前字塞擦音+後字塞音

    雜（徂合切）遝（徒合切）、雜沓

    屆（楚洽切）戾（直立切）

諧聲字（斜線前為被諧字，斜線後為聲符）

一、被諧字為舌尖塞音

（一）聲符為清母

聾（他叶切）／咠（七入切）

（二）聲符為從母

蜨（徒叶切）／疌（疾葉切）

（三）聲符為初母

婼（丑聶切）／舌（楚洽切）

錥（丑輒切）／舌（楚洽切）

二、被諧字為舌根塞音，聲符為從母

郋（胡雞切）／自（疾二切）

洎（其冀切）／自（疾二切）

垍（其冀切）／自（疾二切）

三、被諧字為舌尖塞擦音，聲符為舌根塞音

岑（徂箴切）／今（含，胡男切）

鈐（徂慘切）／今（含，胡男切）

齟（昨誤切）／虍（強魚切）

扱（楚洽切）／及（其立切）

面對諧聲中此類現象，張亞蓉（2011：169）認為：

> 從《說文》諧聲來看，精組的諧聲主要還是以自諧以及和莊組的諧
> 聲為主，和見組、端組等的諧聲實際相逢次數均較低。

只由諧聲來看，此現象因實際相逢次數較低，屬於可不必討論的現象。但因為有同源異形詞，同源異形詞每一組皆必須解釋，我們仍舊得討論此問題。

李存智從楚簡通假、《釋名》聲訓、《廣韻》又音三方面，並由語言演變的普遍性，認為上古漢語塞音、塞擦音、擦音的接觸關係顯示「塞音 ＞ 塞擦音 ＞ 擦音」的演變途徑。並舉了漢語方言中，中古擦音聲母讀為塞擦音或塞音，以及中古塞擦音聲母讀為塞音的例子，認為這些都是尚未經由「塞音 ＞ 塞擦音 ＞ 擦音」演變途徑的存古讀法（李存智 2011：395-466）。

據馬蒂索夫（Matisoff 2003：33），藏緬語亦有 ts-與 t-的轉換，可支持此說法（馬蒂索夫的原始藏緬語聲母不分送氣與否，詳§3.1.與§3.2.1.）。舌尖塞音與

舌尖塞擦音的接觸，可能是發生 t- > ts-、th- > tsh-、d- > dz-的弱化演變。

　　但我們無法排除當中有部分塞擦音變爲塞音的例子。原始藏緬語的塞擦音 ts-、dz-在彝語支的 Mpi 語即變爲塞音（Matisoff 2003：34）：

PTB	WT	WB	Lahu	Mpi	Lushai	Mikir	Meithei
*ts	ts（h）	ch（=tsh）	ch~tsh/__ɨ	th	s	s	s
*dz	dz ~ z	c（=ts）	c~ts/__ɨ	t	f / ts	??	tś

　　原始藏緬語的擦音 s-在 Lushai、Mikir 二語也變爲塞音（Matisoff 2003：33）：

PTB	WT	WB	Lahu	Mpi	Lushai	Mikir	Meithei
*s	s~ś/__i	s	š~s/__ɨ	l	th	th	h

　　藏緬語反映，雖然與弱化的普遍規律相反，由塞擦音、擦音變爲塞音的現象也確實存在。我們並沒有辦法判斷，漢語方言中，中古擦音聲母讀爲塞擦音或塞音，以及中古塞擦音聲母讀爲塞音的例子，究竟哪些是存古哪些是創新。

　　因此，「齫」一例可能發生 th- > tsh-的演變，也有可能發生 tsh- > th-的演變。其中前者較符合弱化音變的普遍性。

4.2.2. 舌尖塞擦音與擦音的轉換

編號	注章訓字	上古韻部	音注	中古聲母	中古韻目	中古等第	中古開合	中古擬音	中古聲調
29-23	慅	幽	騷	心	豪	一	開	sâu	平
			草	清	皓	一	開	tshâu	上
			蕭	心	蕭	四	開	sieu	平
30-10	蘞	談	息廉	心	鹽	三	開	sjäm	平
			子廉	精	鹽	三	開	tsjäm	平

　　「慅」、「蘞」二例，是舌尖塞擦音與擦音的轉換。諧聲字亦有此類接觸。據張亞蓉（2011：172）統計，心母與精母、清母、從母的相逢數皆大於機遇數：

	相 逢 數	機 遇 數
心與精	24	20
心與清	26	12.6
心與從	16	9.6

　　「慅」、「蘳」二例應發生塞擦音 ＞ 擦音的演變。據馬蒂索夫（Matisoff 2003：33），藏緬語亦有 ts-與 s-的轉換。§4.2.1.表中，原始藏緬語的 ts-在 Lushai、Mikir、Meithei 都發生了 ts- ＞ s-的變化，可支持此說法（馬蒂索夫的原始藏緬語聲母不分送氣與否，詳§3.1.與§3.2.2.）。

　　但塞擦音、擦音的轉換不是只有塞擦音＞擦音一種可能。李方桂（2012：267-292）所提出古藏語曾發生的演變中，屬於塞擦音、擦音轉換的有：

擦 ＜ 塞擦	塞擦 ＜ 擦
s- ＜ s-tsh-	ch- ＜ ʼ-sh-
sh- ＜ s-ch-	ʼtsh- ＜ ʼ-s-
gzh- ＜ g-j-	ʼj- ＜ ʼ-zh-
gz- ＜ g-dz-	ʼdz- ＜ ʼ-z-
	rj- ＜ r-zh-

　　其中有塞擦音變爲擦音，也有擦音變爲塞擦音的，條件則是前置輔音的不同。龔煌城認爲漢語也有ʼ-s- ＞ tsh-的局部性演變，相關的漢藏同源詞如下（龔煌城 2011b：181-182，其中 sh=ɕ，ch=tɕh）：

原書編號	漢字	上古漢語	古藏語	古緬甸語	西夏語
56	死	sjidx	ʼchi＜ʼ-syi（現在式）	se＜siy	sjɨ[1]
			shi＜syi（完成式）		sji[2]
57	孫	sən	m-tshan＜m-san		
58	辛	sjin	mchin＜m-syin	sân＜sîn	sji[2]
59-1	三	səm	g-sum	sûm°	sọ[1]（ọ＜ụ）
59-2	參	ʼ-səm ＞ tshəm			
59-3	驂	ʼ-səm ＞ tshəm			

　　「死」的上古漢語、古緬甸語、西夏語的形式，聲母都是 s-。古藏語的完成式也是擦音聲母，只是聲母受-j-介音顎化爲 ɕ，即引文之 sh。古藏語的現在式，聲母不但顎化，還因前置輔音ʼ-的影響變作塞擦音。「孫」、「辛」兩例，狀況和「死」一樣，只是造成古藏語塞擦化的是前置輔音 m-。「三」、「參」、「驂」是漢語內部同源詞，「參」、「驂」也是在前置輔音ʼ-的影響下變作塞擦音；「三」則不變。龔煌城即稱ʼ-s- ＞ tsh-爲「方言變化」。我們知道「方言變化」就整個系統來說就是「局部性演變」（§1.3.1.）。

因此，塞擦音、擦音的轉換除了塞擦音 > 擦音的演變之外，也有可能是擦音受前置輔音（很可能是ʼ-）的影響變爲塞擦音。根據語言的共通性，擦音變塞擦音較特殊，如果發生這樣的演變應有前置輔音作爲條件；塞擦音變擦音較常見，如果發生這樣的演變則不需要條件。

回頭看本小節開頭的兩個注章訓字，它們可能發生了塞擦音 > 擦音的演變，也可能發生擦音 > 塞擦音的演變。其中前者較符合弱化音變的普遍性。

4.3. 塞音與 h-的轉換

編號	注章訓字	上古韻部	音注	中古聲母	中古韻目	中古等第	中古開合	中古擬音	中古聲調
28-4	土	魚	片賈	滂	馬	二	開	pha	上
			許賈	曉	馬	二	開	xa	上
30-12 〔註1〕	荂	魚	香于	曉	虞	三	合	xju	平
			芳于	滂	虞	三	合	phju	平

此二例皆滂母與曉母在上古的轉換。底下「喙」一例則爲昌母與曉母在上古的轉換：

編號	注章訓字	上古韻部	音注	中古聲母	中古韻目	中古等第	中古開合	中古擬音	中古聲調
27-2	喙	元	充芮	昌	祭	三	合	tɕhjwäi	去
			喜穢	曉	廢	三	合	xjwɐi	去

龍宇純舉了漢語內部若干滂母與曉母的同源詞（2002：465-475）：

亨 撫庚切／許庚切 （撫庚切另有分化字「烹」）

芳（敷方切）／香（許良切）

芬（撫文切）／薰（許云切）

葩（普巴切）／花（呼瓜切）

嚭、伾（匹鄙切）／喜（虛里切）

從這幾組同源詞，可知參與轉換的唇音並不以後來的輕唇音爲限。所以

〔註1〕 編號 30-13 與 30-12 的注章訓字、音注皆相同，不重複列出。

是 ph-與 h-的轉換，而非 f-與 h-的轉換。諧聲也有類似的接觸（張亞蓉 2011：188）：

	相　逢　數	機　遇　數
曉和並	9	6.2
曉和昌	5	1.6

曉母與並母、昌母的相逢數皆大於機遇數，滂母與曉母反而並未大於機遇數。

「土」、「苓」二例曉母一讀應發生：ph- > h-的演變。「喉」例的曉母一讀則發生：th- > h-的演變。至於是否經過每個中間階段，則不一定。

4.4. 濁塞音與鼻音的轉換

編號	注章訓字	上古韻部	音注	中古聲母	中古韻目	中古等第	中古開合	中古擬音	中古聲調
30-15	槸	祭	云逝	于	祭	三	開	jäi	去
			魚例	疑	祭	三	開	ngjäi	去

龔煌城（2011b：434-453）由《番漢合時掌中珠》研究十二世紀末漢語西北方音，認爲當時的次濁有鼻冠塞音的形式。鼻音聲母在部分上古方言中可能也有鼻冠塞音的形式，甚至可能經鼻冠塞音變爲普通濁塞音。「槸」一例的濁塞音形式可能經過此演變：

ngwrjad > nggwrjad > gwrjad > jäi

此外，據馬蒂索夫（Matisoff 2003：121-126），前置輔音 m-在許多藏緬語中，都有同部位鼻冠塞音聲母的反映。「槸」一例的鼻音形式也有可能是前置輔音 m-受後方聲母同化，又呑沒聲母而成：

m-gwrjad > nggwrjad > ngwrjad > ngjäi

由以上的討論，「槸」一例的兩讀都有可能是原始形式，但疑母一讀爲原始形式較符合語言普遍性。

4.5. 第二調音部位的轉換

編號	注章訓字	上古韻部	音注	中古聲母	中古韻目	中古等第	中古開合	中古擬音	中古聲調
29-38	閾	之	域	云	職	三	合	jwək	入
			淢	曉	職	三	開	xjək	入
6-1	腢	侯	五回	疑	灰	一	合	nguâi	平
			五公	疑	東	一	合	ngung	平

　　「閾」、「腢」諸例是上古圓唇舌根音、喉音，與不圓唇舌根音、喉音的轉換。金慶淑（1993：231-233）以圓唇舌根音、喉音聲母爲原始形式，並爲不圓唇形式構擬了 kw->k-，gw->g-，ʔw->ʔ-，hw->h-的方言演變。「腢」的韻母變化詳見§6.3.2。「腢」的東韻形式上古時因圓唇韻母的異化，聲母變爲不圓唇（參看 Gong 1976：105-113、龔煌城 2011b：283-296，以大寫字母表示同部位聲母，下同）：

　　Kw->K- / __-kw、-gw、-ngw、-uk、-ugw、-ung、-p、-b、-m

　　因此，無法由東韻形式確定原始形式是否爲圓唇舌根音。灰韻形式推至上古爲微部，微部舌根音合口字來自圓唇舌根音，顯示這組同源異形詞的原始形式也應爲圓唇舌根音。

4.6. 前置輔音造成的聲母轉換

4.6.1. 上古聲母ʔ-與舌根塞音的轉換

編號	注章訓字	上古韻部	音注	中古聲母	中古韻目	中古等第	中古開合	中古擬音	中古聲調
6-6〔註2〕	烓	佳	口井	溪	靜（迥）	三（四）	開（合）〔註3〕	khiweng	上
			烏攜	影	齊	四	合	ʔiwei	平

〔註2〕編號29-19與6-5的注章訓字、音注皆相同，不重複列出。

〔註3〕關於「口井」代表合口四等的音韻地位，詳見附錄。

「娃」此例是影母與溪母的轉換。龔煌城（2011b：551-557）由古藏語內部同源詞的轉換、音的組合限制，以及在現代拉薩話聲調的反映，認爲藏文字母 y-是帶喉塞音的聲母ʔy-（古藏語的-y-即國際音標的-j-），與藏文字母ʔ-聲母相同，僅介音不同。前古藏語的聲母ʔ-後面不接介音-y-則保持，成爲藏文字母ʔ-；後面接-y-，但前方不接前置輔音或接前置輔音 g-時，也仍舊保持，成爲藏文字母 y-，因此藏文字母 y-前置輔音只能接 g-；後面接-y-，前方接其他前置輔音時，聲母發生演變；目前僅知前方接 s-時聲母變爲 k-，前方接'-時聲母變爲 kh-，此全面性演變如下：

s?j-　　　>　　skj-

'-?j-　　　>　　'-khj-

ʔj-　　　>　　ʔj-（寫作 y-）

因此藏文字母 y-與舌根塞音有全面性演變造成的轉換：sk- ～ '-kh- ～ y-。此外，藏文字母ʔ-與舌根塞音也有轉換之例（龔煌城 2011b：551-557）。龔煌城在藏文字母 y-、ʔ-與舌根塞音的轉換下認爲（2011b：554）：

> 喉塞音是漢語音韻學上所謂的「影母」，而 k 音則爲「見母」。古藏文喉塞音與 k 音轉換的情形使人想起漢語「影母」與「見母」相接觸的情形。例如「影」字從「景」聲，而「鬼」「畏」形音義皆十分接近。這些字是否有語源關係，在漢藏比較語言學上有何意義都是值得探討的問題。

古漢語喉塞音與舌根音的轉換，很可能反映與古藏語類似的演變類型。亦即喉塞音爲原始形式，喉塞音受前方成分影響則變爲舌根音，是調音部位因類化而趨前。本文認爲：前方成分除了前置輔音，也可能是前方音節的韻尾，因此ʔ-可與 k-、kh-、g-轉換。

白保羅（Benedict 1976b：182-183）認爲古漢語部分聲母ʔ-來自原始漢藏語 s-k-，包擬古支持其說，並提供如下漢藏同源詞（Bodman 1980：60-62）：

編號	漢字	上古漢語	古藏語
22	堲	ʔjin<ʔjil	skyil
23	穢	ʔwjads	skyos
30	盎	ʔangx	sgang
31	鞍	ʔan<ʔal	sgal
35	轅	ʔwrak	sgrog

此處古漢語的聲母ʔ-對應古藏語的 s-k-與 s-g-。參考上述古藏語的演變可知：其實並非原始漢藏語的 s-k-、s-g-變爲古漢語的ʔ-，而是原始漢藏語的 s-ʔ-變爲古藏語的 s-k-與 s-g-。由此諸例看來，演變條件可能是介音-j-，ʔ-在前置輔音 s-與介音-j-之間變爲古藏語的聲母 k-，後方沒有介音-j-時變爲聲母 g-。上古漢語前置輔音 s-脫落，聲母則保存原始漢藏語的ʔ-。趙彤（2006：69）由影母與見系的通假，認爲共同漢語的**sk-變爲《切韻》音系的ʔ-與戰國楚方言的*k-。影母與見系在諧聲、通假中的接觸，確實反映ʔ-聲母與 k-等舌根聲母的轉換。但趙彤構擬的原始形式不符合古藏語同源詞顯示的演變，林靜怡（2011：169）亦指出他並未解釋演變的動因。古漢語ʔ-聲母與舌根聲母的轉換，原始形式應是聲母ʔ-，舌根聲母才是經過演變的形式。

4.6.2. 上古聲母 s-與舌根塞音的轉換

編號	注章訓字	上古韻部	音注	中古聲母	中古韻目	中古等第	中古開合	中古擬音	中古聲調
19-4	彗	祭	似銳	邪	祭	三	合	zjwäi	去
			息遂	心	至	三	合	sjwi	去
30-1	篲	祭	息遂	心	至	三	合	sjwi	去
			囚銳	邪	祭	三	合	zjwäi	去

心母與邪母開口在上古的轉換，是 s-與（s-）lj-的轉換自不待言，但心母與邪母合口在上古的轉換則情況不同。邪母合口字基本上來自舌根音 gwlj-（詳下文），舌根音的合口性質都來自圓唇舌根音的圓唇成分。

李方桂（2012：177）將邪母合口字松、訟、彗、旬擬爲*sgwj-，龔煌城（Gong 1976：130）爲邪母合口字構擬*sĥwj-（ĥ-代表 ɦ-），都是用圓唇舌根音、圓唇喉音同時解釋與舌根音的接觸以及合口性質的來源，並以 s-作爲邪母與舌根音

的分化條件。不過，由漢藏比較發現，邪母來自原始漢藏語的-lj-，s-則並非邪母的必要成分（龔煌城 2011b：199-200）。因此龔煌城（2005：48-49）將邪母合口字改擬爲*gwlj-，對照如下：

	龔煌城（1976）	龔煌城（2005）
篲	*sĥwjəd > zwi（徐醉切） *sĥwjad > zįwäi（祥歲切） *ĥwjad > jįwäi（于歲切）	*gwljats *gwrjats
嘒	*hiəd > xiei（呼惠切）	*skhwiat > *xwiat > xiwei
慧	*ĥiəd > ɣiei（胡桂切）	*gwiats

如此則邪母合口字*gwlj-與喻三*gwrj-的轉換，成爲複輔音聲母第二成分-l-與-r-的轉換；這與章系和見系重紐三等在上古的轉換平行：

	龔煌城（1976：137）	龔煌城（2005：50）
境	*krjang（見母）	*krjang
障	*s-krjang（章母）	*kljang
景鏡	*krjang（見母）	*krjang
章彰	*s-krjang（章母）	*kljang

「境／障」、「景鏡／章彰」是同源異形詞，原本以 s-爲分化條件，後來章母改爲 klj-，章系和見系重紐三等在上古的轉換即成爲複輔音聲母第二成分-l-與-r-的轉換。

「篲」、「嘒」二例是中古心母與邪母合口在上古的轉換。心母一讀是 sj-的反映，邪母合口構擬則是*gwlj-的反映。據馬蒂索夫（Matisoff 2003：95），前置輔音吞沒後方聲母，稱爲「前綴優先（prefix preemption）」，是藏緬語常見的變化，譬如*g-ya > ga。因此，此二例原始形式應是帶有前置輔音 s-的*gwlj-聲母。心母一讀可能發生了前置輔音 s-吞沒聲母的演變。

4.6.3. 中古來母、群母在上古漢語的轉換

編號	注章訓字	上古韻部	音注	中古聲母	中古韻目	中古等第	中古開合	中古擬音	中古聲調
29-64	鏐	幽	力幽	來	幽	三	開	ljiǎu	平
			其幽	群	幽	三	開	gjiǎu	平
			力幼	來	幼	三	開	ljiǎu	去

龔煌城指出，幽韻的藏緬同源詞帶有複輔音第二成分-r-，尤韻的藏緬同源詞則不帶有-r-；與來母諧聲的字如「繆、樛、蟉、謬」多出現在幽韻，尤韻中與來母諧聲的字「瑠、翏、繆」又都有幽韻又讀；來母字多出現在尤韻，幽韻來母字只有二字。由此三點，龔煌城認爲幽部幽韻來自帶-rj-的韻母，幽部尤韻則來自帶-j-的韻母（龔煌城 2011b：136-137）。

其中，幽韻來母字只有二字，即「鏐」、「蟉」二字，龔煌城認爲（2011b：137）：

> 例外只有幽韻「鏐蟉」二字，「鏐」字在尤韻有又讀，「蟉」字則在幽、黝韻有群母（*grəgw, *grjəgwx）的讀法。可能的解釋是：「蟉」讀群母才是原來的讀法，但是由於「蟉」字經常與蚴字連用，構成複合詞如「蚴蟉」（*ʔrjəgw-*grjəgw），後者被重新分析（metanalysis）爲*rjəgw，如同中古英文的 a napron 變成現代英文的 an apron 一樣。幽韻來母字爲不規則的變化，從與它相配的上、去聲（黝、幼兩韻）都無來母字，即可看出。

由《經典釋文》三反字可知，「鏐」字也有群母的讀法，正與「蟉」字有群母讀法平行。幽韻來母字確實是不規則變化。但是，「鏐」字並不經常與另一字連用，恐怕不適用此解釋。

古漢語來母字有部分對應原始白語的聲母 k-與 g-。「鏐」的尤韻又讀爲「力求切」，同音「力求切」的尤韻字「流」rjəgw 即對應原始白語的 guɯ1，古藏語可能的同源詞是 rgjug "flow"（Wang 2006：165-166）。

本文認爲：幽韻少數的來母字，可能來自前置輔音 r-，但仍爲局部性演變。此類對應或轉換的原始形式可能是帶前置輔音的 r-gjəgw，規則演變爲群母尤韻。r-直接影響韻母的分化，進入群母幽韻，不需要認爲經過 rg- > gr-的換位；知、莊二系的前置輔音 r-也應不經過換位直接影響韻母的分化，兩者爲平行現象。如果前置輔音 r-吞沒聲母，則成爲來母一讀。

4.7. 介音-j-消失造成的聲母轉換

編號	注章訓字	上古韻部	音注	中古聲母	中古韻目	中古等第	中古開合	中古擬音	中古聲調
29-95	枳	佳	居是	見	紙	三	開	kjiĕ	上
			諸是	章	紙	三	開	tɕjĕ	上

　　「枳」一例是見系與-lj-複聲母來源的章系的轉換。-l-、-lj-複輔音聲母的構擬，從「與舌根音諧聲的章系字」的討論開始。中古章系字上古可分為兩套，一套與舌尖音諧聲，一套與舌根音諧聲。董同龢（1967：15-17）為與舌根音諧聲的章系字擬了一套硬顎聲母。依據諧聲原則，不同部位不可諧聲。舌面後與舌根雖然語音相近，既是兩套不同的音位，兩者的差異對系統來說就是很重要的分別。河野六郎（1979：227-233）提出不同的看法，認為與舌根音諧聲的章系字「原是舌根音」，從上古至中古發生「顎化」才成為舌面音，稱此變化為「第一次顎化（第一口蓋音化）」。此構擬較不同部位的兩套音位正確，但他並未提供良好的分化條件。李方桂（2012：173-180）根據自己上古音系統的空檔，將與舌根音諧聲的章系字構擬為 krj-、khrj-、grj-、ngrj-、hrj-。與舌根音諧聲的章系字，也常與喻四諧聲。喻四既改作 l-，將 Krj-系改作 Klj-系是很自然的事。龔煌城（2011b：69-80）由漢藏比較發現，與舌根音諧聲的章系字，藏、緬同源詞是 Kl-系（藏緬語介音-j-大部分情況消失），故原始漢藏語、上古漢語當是 Klj-系。河野六郎提出的顎化演變自此得到同源詞的支持，並知道分化條件是複輔音聲母第二成分-l-。

　　構擬了 Klj-系之後，龔煌城（2011b：73, 77）又進一步擴展-l-、-lj-複輔音聲母的構擬。與「喻四」諧聲的，除了「與舌根音諧聲的章系字」，還有「與唇音諧聲的章系字」、「與喻四諧聲的唇音三等字」、「與喻四諧聲的舌根音三等字」。依據諧聲原則，這些諧聲系列當是-l-、-lj-複輔音聲母。又從系統的觀點，鈍音輔音當有一樣的組合限制。不只舌根音，唇音也當有一樣的組合。故除了 Kl-、Klj-系，也當有 Pl-、Plj-系。古緬甸語的 l-變成書面緬甸語 j-（西義郎 1977：41-52）。基於語言的共通性，其他語言的演變也可能發生在漢語。中古漢語三等正是-j-，他的構擬如下（龔煌城 2011b：73-75；本文歸納其內

容以下列方式呈現，由 P 代表唇音，K 代表舌根音與喉音）：

> 與喻四諧聲的唇音三等字：Pl-系
>
> 與唇音以及喻四諧聲的章系字：Plj-系
>
> 與喻四諧聲的舌根音三等字：Kl-系
>
> 與舌根音以及喻四諧聲的章系字：Klj-系

河野六郎因為討論範圍局限於歷史上有兩次顎化的舌根音，故直接稱此演變為第一次顎化，第二次顎化則是中古以後舌根音在細音韻母前顎化為團音。龔煌城將-lj-造成的演變推廣至唇音聲母，故將舌根音的部分稱為「舌根音的第一次顎化（The first palatalization of velars）」。唇音與舌尖音雖然從上古到中古也發生顎化，因沒有相對的「第二次」顎化，應不包含於第一次顎化的範圍之內。

回頭看本小節「枳」，與「枳」同諧聲偏旁的「伿」有「支義切（章母）」與「以豉切（喻四）」的又音，可知此諧聲系列是帶有-l-複輔音聲母的諧聲系列。「枳」的見母一讀為 kl-聲母的反映，章母一讀則為 klj-的反映。-l-至中古演變為-j-，kl-因此成為中古的見母三等，klj-的 k-則受-lj-顎化為章母。此二讀在上古只有介音-j-的差異。上文引用的見影系 Kl-與章系 Klj-的轉換，顯示可能發生了-j- > -Ø-的演變。

第五章 介　音

5.1. 介音總論

　　李方桂上古音系統的介音有-r-與-j-（李方桂 2012：120-122），-i-則不當作介音（李方桂 2012：121）：

> 依我們的看法，上古音系統裏只需要這兩個介音。四等字的聲母完全跟一等字一樣，顯然高本漢所擬的四等的 i 介音是個元音，他對於聲母不發生任何影響。因此我們不把他當作介音而歸入元音裏去討論。

　　龔煌城則認爲原始漢藏語、上古漢語的介音只有-j-。在〈原始漢藏語的韻母系統〉（"The System of Finals in Proto-Sino-Tibetan"）一文中，介音一節只討論了-j-介音（龔煌城 2011b：81-85）。在〈從漢藏語的比較看重紐問題〉一文中說（龔煌城 2011b：127）：

> *-r-音雖然一般常稱爲介音，它卻與其他聲母構成如*pr-、*phr-、*br-、*mr-、*kr-、*khr-、*gr-、*ngr-等複聲母。這些複聲母不但出現在*-a、*-i、*-u、*-ə 等元音前（演變成中古的二等韻），也出現在*-ja、*-ji、*-ju、*-jə 等帶有*-j-介音的元音之前，形成*-rja 與*-ja、*-rji 與*-ji、*-rju 與*-ju、*-rjə 與*-jə 等兩種音節的對比。*-r-音在

消失以前，在有些語音環境下影響了介音，造成中古重紐三等與四
等的差異，在另外一些環境下則影響了元音，演變成中古不同的韻，
而在其餘的環境下則未引起任何差異（但也有可能曾引起過差異，
只是後來差異消失，發生了合併的現象）。

此即認爲，-r-實際上是複聲母的第二成分，原始漢藏語的介音只有-j-。本
文接受此說，認爲眞正的介音只有-j-。但爲方便討論與中古韻母有關的轉換，
本章的討論範圍，按照一個音節從左到右的順序，包括複輔音聲母第二成分-r-、
介音-j-、複元音第一成分-i-。三者可互相組合爲-ri-、-rj-、-ji-、-rji-。本章先討
論單一成分相關的轉換，再討論牽涉多個成分的轉換。

張亞蓉指出，中古一、二、三、四等之間混諧互押的比例很高（張亞蓉 2011：
253-254）：

元部共有諧聲系列 93 條，其中，一、二、三、四等之間混諧的有
58 條，佔總數的 62%。……在《詩經》押韻中也是一樣，元部字裡
互押的比例也非常高，除去通韻、合韻外，全部押元部韻的共 84
處，其中四等之間混押的有 59 條，佔總數的 70%。

押韻通常不考慮介音，只從諧聲我們無法判斷是否不同介音也可任意混
諧，或者這些混諧反映音變。同源異形詞則明確反映音變。金慶淑對中古一、
二、三、四等在上古的轉換，統一解釋爲原始形式帶有最多成分，並發生脫落
的方音現象（金慶淑 1993：241）：

又音字中凡是介音 [註1] 有對應情形出現，本文一律解釋爲：在方音
中原有的介音脫落而產生兩讀。

此類介音脫落現象在現代漢語方言也可看到。熊正輝（1982：164-168）指
出南昌方言七個曾攝三等字讀作一等，並說（熊正輝 1982：168）：

我們可以假設：曾攝三等的一些字讀如一等是古代就存在的一種方
言讀音，不過《切韻》系韻書沒有收這些字的一等讀音而已。

謝留文（2000：313-316）指出二等字「擇」與三、四等字「健」在南方方
言中讀作一等。這些應該反映了二、三、四等介音脫落的演變。

〔註 1〕此處討論範圍與本章一樣，包含我們不視爲介音的-r-與-i-。

5.2. 上古漢語-r-與-Ø-的轉換

5.2.1. 中古漢語一等、二等在上古漢語的轉換

編號	注章訓字	上古韻部	音注	中古聲母	中古韻目	中古等第	中古開合	中古擬音	中古聲調
11-3	槐	微	回	匣	灰	一	合	ɣuậi	平
			懷	匣	皆	二	合	ɣwăi	平
18-1	濩	魚	口郭	溪	鐸	一	合	khwâk	入
			口獲	溪	麥（陌）	二	合	khwɐk	入

　　「槐」、「濩」諸例，兩讀分屬中古漢語一等、二等。一等一讀來自單聲母，二等一讀則來自帶-r-的複輔音聲母，是上古「-Ø-」與「-r-」之間的轉換。

　　金慶淑（1993：101-110）認為一等與二等轉換的例子中，原始形式帶有-r-，二等一讀保留此-r-，如發生-r- > -Ø-的方音變化則變為一等一讀。金慶淑（1993：104）為「濩」字「苦郭切」一讀構擬了*khwrak > *khwak 的方音變化，此讀相當於本文的「口郭反」。本文接受此說，認為上述諸例一等一讀發生-r- > -Ø-的局部性演變，成為中古一等。

5.2.2. 中古漢語重紐三等、非重紐三等在上古的轉換

編號	注章訓字	上古韻部	音注	中古聲母	中古韻目	中古等第	中古開合	中古擬音	中古聲調
11-4	休	幽	許收	曉	尤	三	開	xjɒu	平
			許虯	曉	幽	三	開	xjiɒu	平
26-4 〔註2〕	揭	祭	其列	群	薛	三	開	gjät	入
			其謁	群	月	三	開	gjɐt	入

　　「休」、「揭」諸例，兩讀分屬中古漢語重紐三等與非重紐三等。據龔煌城，在有重紐區別的韻中，重紐三等字上古帶有-rj-，純三等韻與重紐四等字則不帶有-r-，只有-j-。上古部分-rj-與-j-影響到元音，分化成中古兩個不同韻，也可稱為廣義的重紐（龔煌城 2011b：127-163）。以下的重紐採廣義的定義。

〔註 2〕編號 27-1、27-3、27-5、28-1、28-2 與 26-4 的注章訓字以及音注都相同，不一一列出。

　　此諸例中，幽、薛一讀是重紐三等，上古帶有-rj-；尤、月一讀上古帶有-j-。它們是上古「-rj-」與「-j-」之間的轉換，也應發生-r- > -Ø-的局部性演變，與一等、二等的轉換是同樣的演變類型。這種演變可出現在沒有介音的環境（§5.2.1.），也可出現在介音-j-之前。

　　金慶淑（1993：112-119）認為「-j-」與「-rj-」之間的例子中，「-j-」一讀發生-rj- > -j-的發音變化。以「揭」字「渠列切」（本文「其列反」）為原始形式，「居謁切」發生*grjat > *kjat 的方音變化（金慶淑 1993：115），「居謁切」韻母相當於本文的「其謁反」，但聲母有清濁之別（關於上古濁音與不送氣清音的轉換，詳§3.4.）。原始漢藏語帶-rj-的詞演變入西夏語，應發生-rj- > -j-的規律演變，其例如下（龔煌城 2011b：101-122）：

漢字	上古漢語	古藏語	古緬甸語	西夏語
几	*krjidx > kji	khri	OB khriy > WB khre	*khjɨ¹
尾	*mrjədx > *mjədx >mjwěi		mrî	*mjiij¹

　　這些例子中，上古漢語皆保留-rj-，古藏語、古緬甸語丟失介音-j-，西夏語則丟失-r-。古漢語-rj- > -j-的局部性演變，不但與沒有介音的演變平行（§5.2.1.），也與保留-j-的親屬語言西夏語發生的演變同類型。

5.3. 上古漢語-j-與-Ø-的轉換

5.3.1. 中古漢語一等、三等在上古漢語的轉換

編號	注章訓字	上古韻部	音注	中古聲母	中古韻目	中古等第	中古開合	中古擬音	中古聲調
19-2	齹	歌	才可	從	哿	一	開	dzâ	上
			士知	崇	支	三	開	dzjĕ	平
21-2	纇	微	力對	來	隊	一	合	luâi	去
			欺類	溪	至	三	合	khjwi	去
29-13	噈	幽	子六	精	屋	三	合	tsjuk	入
			子合	精	合	一	開	tsâp	入
29-78	陬	侯	側留	莊	宥	三	開	tʂjŏu	去
			子侯	精	侯	一	開	tsŏu	平

29-101	峜	微	才沒	從	沒	一	合	dzuət	入
			子出	精	術	三	合	tsjuĕt	入
30-18	鰌	魚	七各	清	鐸	一	開	tshâk	入
			七略	清	藥	三	開	tshjak	入

　　漢藏語四個有古典文獻記錄的語言中，上古漢語與西夏語保留了原始漢藏語的介音-j-（詳龔煌城 2011b：81-85、248-253、351-354）。「蕎」、「蘱」、「嗽」、「陝」、「峜」、「鰌」諸例，是中古一等與三等在上古的轉換，並且這些三等皆非重紐三等，並不帶-r-，因此是上古「-Ø-」與「-j-」之間的轉換。

　　金慶淑（1993：122-137）認爲「-Ø-」與「-j-」轉換的例子中，一等一讀是發生-j- > -Ø-的方音變化。在§5.2.2.中，已知原始漢藏語的介音-j-，演變至古藏語、古緬甸語脫落。〔註3〕古漢語也可能發生同類型的演變。上古「-Ø-」與「-j-」之間的轉換，一等一讀可能發生-j- > -Ø-的局部性演變。

　　西夏語也有「-Ø-」與「-j-」之間的轉換，兩個形式基本上不別義（龔煌城 2011a：6）。古藏語雖丟失大部分原始漢藏語原生的-j-，又另外產生了次發的-j-。此次發的-j-許多作爲中綴構成敬語（龔煌城 2011b：561-566），其他則功用不明（龔煌城 2011b：566-569）。古藏語的現象顯示，除了-j- > -Ø-的局部性演變，也可能存在相反的-Ø- > -j-局部性演變。古藏語-Ø- > -j-雖然後來發展爲構詞法，原本應該並不別義，才會存在不少功用不明的例子。

　　因此古漢語「-Ø-」與「-j-」的轉換，可能發生-j- > -Ø-的局部性演變，也可能發生-Ø- > -j-的局部性演變。「-Ø-」與「-j-」的轉換，因藏緬語構詞法中有-Ø- > -j-的變化，古漢語的同類現象可認爲是-Ø- > -j-的局部性演變；至於「-Ø-」與「-r-」的轉換，目前所知，藏緬語無跡象顯示有-Ø- > -r-的變化，故不認爲古漢語有-Ø- > -r-的局部性演變。

〔註3〕介音-j-在古藏語前高元音前保留或使聲母顎化後消失，詳龔煌城（2011b：249-250）。

5.3.2. 中古漢語二等、三等在上古漢語的轉換

編號	注章訓字	上古韻部	音注	中古聲母	中古韻目	中古等第	中古開合	中古擬音	中古聲調
5-2	茁	微	側劣	莊	薛	三	合	tʂjwät	入
			側刷	莊	鎋（黠）	二	合	tʂwăt	入
10-1	湇	侵	口恰	溪	洽	二	開	khăp	入
			口劫	溪	業	三	開	khjɐp	入
14-2	纚	歌	色買	生	蟹	二	開	ʂaï	上
			所綺	生	紙	三	開	ʂjɛ̆	上
29-3	摽	宵	普交	滂	肴	二	開	phau	平
			符表	並	小	三	開	bjäu	上
29-10	嘳	微	墟愧	溪	至	三	合	khjwi	去
			苦怪	溪	怪	二	合	khwăi	去
29-72	灑	歌	所蟹	生	蟹	二	開	ʂaï	上
			所綺	生	紙	三	開	ʂjɛ̆	上
29-84	灑	歌	所買	生	蟹	二	開	ʂaï	上
			所綺	生	紙	三	開	ʂjɛ̆	上
29-87	槍	陽	初庚	初	庚	二	開	tʂʰɐŋ	平
			七羊	清	陽	三	開	tsʰjang	平
30-11	薦	宵	平表	並	小	三	開	bjäu	上
			白交	並	肴	二	開	bau	平
			普苗	滂	宵	三	開	phjäu	平
30-28	鸀	侯	濁	澄	覺	二	開	ḍɒk	入
			蜀	禪	燭	三	合	ʑjwok	入

「茁」、「湇」、「纚」、「摽」、「嘳」、「灑」、「槍」、「薦」、「鸀」諸例，兩讀分屬中古漢語二等與三等，並且這些三等皆帶-rj-，因此是上古「-r-」與「-rj-」之間的轉換。-rj-成爲中古的三等，-r-成爲中古的二等。二等一讀可能發生-rj-＞-r-的局部性演變，與§5.3.1.平行，只是§5.3.1.的-j-前面沒有-r-，此處則發生在-r-之後。在§5.2.2.中，所舉例都是原始漢藏語的-rj-，演變至古藏語、古緬甸語脫落-j-。

除了可能發生-rj-＞-r-的局部性演變，也可能發生-r-＞-rj-的局部性演變（詳§5.3.1.）。

5.3.3. 中古漢語三等、四等在上古漢語的轉換

編號	注章訓字	上古韻部	音注	中古聲母	中古韻目	中古等第	中古開合	中古擬音	中古聲調
13-2	齊	脂	在細	從	霽	四	開	dziei	去
			在私	從	脂	三	開	dzji	平
30-3	萹	眞	補殄	幫	銑	四	開	pien	上
			匹縣	滂	仙	三	開	phjiän	平
30-29	鷏	眞	田	定	先	四	開	dien	平
			眞	章	眞	三	開	tɕjěn	平

「齊」、「萹」、「鷏」諸例，兩讀分屬中古漢語三等與四等。此處皆上古脂、眞部字，四等韻爲-i-（非介音，其主要元音爲-i-）；三等韻都不是重紐三等，故爲-ji-（介音-j-加上主要元音-i-）。此諸例爲上古「-ji-」與「-i-」之間的轉換。金慶淑（1933：150）認爲：

> 本節三、四等韻兩讀，其共同來源很可能是：*-ji-。語料呈顯的主要音變即：*-ji- > *-i-和**-ji- →　*-j-
>
> 　　　　　　　　　　　　＼ *-i-

本節所舉諸例的四等一讀，可能發生金慶淑所說-ji- > -i-的演變。這與-j- > -Ø-（§5.3.1.）以及-rj- > -r-（§5.3.2.）爲平行演變。除了可能發生-ji- > -i-的局部性演變，也可能發生-i- > -ji-的局部性演變（詳§5.3.1.）。

5.4. 上古漢語-i-與-Ø-的轉換

5.4.1. 中古漢語一等、四等在上古漢語的轉換

編號	注章訓字	上古韻部	音注	中古聲母	中古韻目	中古等第	中古開合	中古擬音	中古聲調
29-23	慅	幽	騷	心	豪	一	開	sâu	平
			草	清	皓	一	開	tshâu	上
			蕭	心	蕭	四	開	sieu	平
30-41	驔	侵	徒南	定	覃	一	開	dậm	平
			大點	定	忝	四	開	diem	上

「慅」、「驔」諸例，兩讀分屬中古漢語一等與四等。四等一讀上古有-i-元音。金慶淑（1993：137-140）認爲中古一等與四等的轉換中，一等一讀發生-i-脫落的方音變化，並爲原始形式構擬了-i-。一等一讀應發生-i- > -Ø-的局部性演變。

5.4.2. 中古漢語不同的二等韻在上古漢語的轉換

編號	編號	注章訓字	上古韻部	音注	中古聲母	中古韻目	中古等第	中古開合	中古擬音
29-86	攙	談	初銜	初	銜	二	開	tʂham	平
			仕杉	崇	咸	二	開	dẓăm	平

此例兩讀分屬中古漢語有重韻關係的兩個二等韻，咸韻上古帶有-ri-，銜韻則僅帶有-r-。金慶淑爲元部二等重韻的轉換中，刪韻（-r-）一讀構擬了-ri- > -r-的方音變化（金慶淑 1993：101-102）。談部的二等重韻可能與元部有平行的演變。-ri-不變則變爲咸韻一讀，銜韻一讀應發生了-ri- > -r-的局部性演變。

5.4.3. 中古漢語不同的三等韻在上古漢語的轉換

編號	注章訓字	上古韻部	音注	中古聲母	中古韻目	中古等第	中古開合	中古擬音	中古聲調
28-3	攫	魚	俱碧	見	昔	三	開	kjäk	入
			俱縛	見	藥	三	開	kjak	入

此例兩讀分屬中古漢語不同的兩個三等韻，魚部昔韻上古帶有-ji-，魚部藥韻則僅帶有-j-。-ji-不變則變爲昔韻一讀，藥韻一讀應發生了-ji- > -j-的局部性演變。

5.5. 同時與上古漢語-r-、-j-相關的轉換

5.5.1. 中古漢語一等、三等在上古漢語的轉換

編號	注章訓字	上古韻部	音注	中古聲母	中古韻目	中古等第	中古開合	中古擬音	中古聲調
5-4	仳	脂	反几	幫/滂	旨	三	開	p（h）ji	上
			扶罪	並	賄	一	合	buâi	上
13-1	屟	葉	羌據	溪	御	三	開	khjwo	去
			公荅	見	合	一	開	kâp	入
29-7	痡	魚	普胡	滂	模	一	合	phuo	平
			芳膚	滂	虞	三	合	phju	平

「仳」、「屟」、「痡」諸例，兩讀分屬中古漢語一等與三等。其中旨韻爲重紐三等，帶有-rj-；魚部魚韻、魚部虞韻則爲-rj-與-j-完全合併的韻部（龔煌城 2011b：145-148），只憑漢語內部材料已無法判別原本是否有-r-，故可能爲-rj-亦可能爲-j-。後二例如爲-j-，則發生-j- > -Ø-或-Ø- > -j-的演變，詳§5.3.1；如爲-rj-，則可與「仳」例同看。

三等如來自上古的「-rj-」，與一等的轉換即爲「-rj-」與「-Ø-」之間的轉換。金慶淑（1993：124-137）認爲「-rj-」與「-Ø-」之間的轉換，一等一讀發生-rj- > -Ø-的方音變化。從§5.2.與§5.3.，已知-r- > -Ø-與-j- > -Ø-兩個局部性演變分別存在。此處一等一讀的-rj- > -Ø-演變，即-r- > -Ø-與-j- > -Ø-兩個局部性演變皆發生的結果。

除了可能發生-rj- > -Ø-的局部性演變，也可能原始形式是-r-，發生-r- > -rj-的局部性演變成爲三等一讀，發生-r- > -Ø-的局部性演變成爲一等一讀（詳§5.3.1.）。

5.5.2. 中古漢語二等、三等在上古漢語的轉換

編號	注章訓字	上古韻部	音注	中古聲母	中古韻目	中古等第	中古開合	中古擬音	中古聲調
29-9	掔	眞	苦閒	溪	山	二	開	khǎn	平
			苦忍	溪	軫	三	開	khjiěn	上

此例兩讀分屬中古漢語二等、三等。此處三等爲重紐四等，上古帶有-j-、不帶有-r-。此例表面上是上古「-r-」與「-j-」的轉換。金慶淑（1993：140）即認爲：

上古「*-r-：*-j-」兩讀很可能來自遠古**-rj-。本節處理方式是：

$$**\text{-rj-} \rightarrow *\text{-r-}$$
$$\searrow *\text{-j-}$$

-rj- > -r-（§5.3.2.）與-rj- > -j-（§5.2.2.）都是已知的局部性演變。此處則是二等一讀發生-rj- > -r-的演變，三等一讀發生-rj- > -j-的演變。

除此之外，還可能有另一種解釋。古漢語的重紐四等字對應原始白語的-r-，汪鋒認爲這些重紐四等的原始形式是-l-（Wang 2006：170-171）。亦即，原始漢藏語的複聲母第二成分-l-，變入白語時變爲-r-。古漢語也可能發生類似的-l- > -r-方言音變，白語即是發生此音變的一個方言（語言）（關於漢白比較，詳見 Wang 2006：125-165）。此音變與主流漢語來母的-r- > -l-音變並不衝突（關於來母，詳龔煌城 2011b：32-49, 187-216）。此例主流漢語規則的讀法是-l- > -j-；發生音變的方言，如白語，規則的讀法是-l- > -r-；只有方言的讀法進入主流漢語的系統中，才會發生方言的-l- > -r-音變後，又發生主流漢語的-r- > -l-音變，變回-l-。看似發生-l- > -r- > -l-的奇怪狀況，其實-l- > -r-與-r- > -l-並不在同一個系統中發生。

5.5.3. 中古漢語一等、三等、四等在上古漢語的轉換

編號	注章訓字	上古韻部	音注	中古聲母	中古韻目	中古等第	中古開合	中古擬音	中古聲調
29-88	彴	宵	蒲博	並	鐸	一	開	bâk	入
			步角	並	覺	二	開	båk	入
			皮約	並	藥	三	開	bjak	入

此例爲「三反」字，一等沒有介音，二等帶有-r-。宵部藥韻爲-rj-與-j-完全合併的韻部（龔煌城 2011b：145-148），故可能爲-rj-，亦可能爲-j-。-rj- > -r-（§5.3.2.）、-rj- > -j-（§5.2.2.）、-rj- > -Ø-（§5.5.1.）都是已知的局部性演變。一等一讀發生了-rj- > -Ø-，二等一讀發生了-rj- > -r-，三等一讀如果爲-j-，則

發生了-rj- > -j-；如果爲-rj-則保持原貌。

此外，也可能原始形式是-r-，一等一讀發生-r- > -Ø-的局部性演變，二等一讀保持不變，三等一讀則發生-r- > -rj-的局部性演變（詳§5.3.1.）。

5.6. 同時與上古漢語-r-、-i-相關的轉換

編號	注章訓字	上古韻部	音注	中古聲母	中古韻目	中古等第	中古開合	中古擬音	中古聲調
29-2	昄	元	普姦	滂	刪	二	開	phan	平
			普練	滂	霰	四	開	phien	去

此例兩讀分屬中古漢語二等與四等。二等在上古帶有-r-，四等在上古帶有-i-。金慶淑根據-ri- > -r-以及-ri- > -Ø-（金慶淑 1993：106-107）的方音變化，認爲此類轉換來自遠古的**-ri-（金慶淑 1993：146）。本文從之，二等一讀發生-ri- > -r-（§5.4.2.）的局部性演變，四等一讀則發生-ri- > -i-的局部性演變。

除了金慶淑的構擬，還有另一種可能。原始漢藏語的-r-演變入西夏語，變爲西夏語的-i-（龔煌城 2011b：355-357）：

漢字	上古漢語	古藏語	古緬甸語	西夏語
角	*kruk > kåk		khruw	*khrwə¹ > *khiwə¹
覺	*krəkw > kåk	dkrug		*kru¹ > *kio¹〔註4〕
	*krəkws > kau			*kru² > *kio²

上古漢語、古藏語、古緬甸語皆保留-r-，西夏語則變爲-i-。上古漢語-r-與-i-之間的轉換，也可能與西夏語同類型，爲-r- > -i-的局部性演變。

〔註4〕西夏語-u-除了保存在-j-之後，其餘皆變爲-o-（龔煌城 2011：94）。

5.7. 同時與上古漢語-r-、-j-、-i-相關的轉換

5.7.1. 中古漢語一等、三等在上古漢語的轉換

編號	注章訓字	上古韻部	音注	中古聲母	中古韻目	中古等第	中古開合	中古擬音	中古聲調
29-27	儚	蒸	亡崩	明	登	一	開	məng	平
			亡冰	明	蒸	三	開	mjəng	平

此例兩讀分屬中古漢語一等與三等。此三等韻屬蒸部蒸韻，龔煌城（2011b：146）構擬爲*-（r）jiəng。因爲是-rj-與-j-完全合併的韻部，無法判斷是否有-r-。此轉換可能是-Ø-與-ji-的轉換，也可能是-Ø-與-rji-的轉換。如果是前者，則發生了-ji- > -Ø-的局部性演變；如果是後者，則發生了-rji- > -Ø-的局部性演變。-r- > -Ø-（詳§5.2.）、-j- > -Ø-（詳§5.3.）、-i- > -Ø-（詳§5.4.）三條演變都是已知規律。如是-Ø-與-ji-的轉換，則發生-j- > -Ø-、-i- > -Ø-的演變，如是-Ø-與-rji-的轉換，則發生-j- > -Ø-、-i- > -Ø-、-r- > -Ø-的演變。

5.7.2. 中古漢語三等、四等在上古漢語的轉換

編號	注章訓字	上古韻部	音注	中古聲母	中古韻目	中古等第	中古開合	中古擬音	中古聲調
5-5	叕	祭	姜雪	見	薛	三	合	kjwät	入
			姜穴	見	屑	四	合	kiwet	入
11-1	闑	祭	魚列	疑	薛	三	開	ngjät	入
			五結	疑	屑	四	開	ngiet	入
29-89	瘞	葉	於例	影	祭	三	開	ʔjäi	去
			於計	影	霽	四	開	ʔiei	去

「叕」、「闑」、「瘞」諸例，兩讀分屬中古漢語三等與四等，其中三等爲重紐三等，上古帶有-rj-。金慶淑（1993：156-157）認爲此類轉換的四等一讀發生-rji- > -i-的方音變化，三等一讀則發生-rji- > -rj-的方音變化。

原始漢藏語的-rj-演變到西夏語，除了§5.2.2 提過的-rj- > -j-演變類型外，還有下列一種（龔煌城 2011b：101-122）：

漢字	上古漢語	古藏語	古緬甸語	西夏語
披	*'-phrjal > *phrjal > phjě	'-phral, pf. phral	prâ	*phia[1]
閔	*mrjən > mjěn	*smrul > sbrul	OB mruy > WB mrwe	*phio[2]

　　西夏語的形式可能先發生-rj- > -r-的演變，再經由全面性演變-r- > -i-，成爲-i-。古漢語-rj-與-i-之間的轉換，除了金慶淑的構擬外，也可能發生與西夏語同類型的演變。

第六章　主要元音

6.1. 主要元音總論

　　上古漢語、古藏語、古緬甸語的規則對應中，上古漢語的元音-ə 對應古藏語、古緬甸語的元音-i、-u、-a。這是因為：原始漢藏語的元音-ə 在上古漢語保存（龔煌城 2011b：19-21, 85），原始漢藏語演變至原始藏緬語，除了某些條件下保存（龔煌城 2011b：354-367）或在圓唇舌根韻尾前變為-u，其他情況皆變為-a（龔煌城 2011b：237-239）；原始漢藏語的元音-i 在唇音韻尾、圓唇舌根音韻尾前變為上古漢語的元音-ə（龔煌城 2011b：101-123, 391-393）；原始漢藏語的元音-u 在唇音韻尾、舌尖音韻尾前變為上古漢語的元音-ə（龔煌城 2011b：101-123, 391-393）。此外，原始漢藏語的元音-i、-u 演變入西夏語，在介音-j-之後保存，其他情況則變為元音-e、-o（龔煌城 2011b：94）。這顯示漢藏語普遍存在元音低化的演變類型，即：

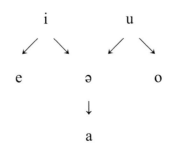

此演變類型可以同時解釋各個語言間規則對應的關係。不同語言發生的演變，單獨來看並不突出，但放入同一個圖像中，則彼此之間形成跨語言平行、鏈動的關係。由此可知，它們都是漢藏語元音低化演變類型的局部表現，各個語言都只發生部分的演變，但共同依循低化的大趨勢。這個演變類型，與語言類型上可能更爲普遍的高化類型不同，但由於證據確鑿，所以我們不可因此否認它們。

6.2. 上古漢語中元音與低元音的轉換

李方桂的上古漢語系統與龔煌城的原始漢藏語系統中，中元音僅有-ə，低元音則僅有-a。因此中元音與低元音的轉換，即-ə 與-a 的轉換。

編號	注章訓字	上古韻部	音注	中古聲母	中古韻目	中古等第	中古開合	中古擬音	中古聲調
29-53	衿	侵	今	見	侵	三	開	kjəm	平
		談	鉗	群	鹽	三	開	gjäm	平

此例是上古韻母-əm、-am 之間的轉換。「衿」的兩讀，「今」爲侵部-əm 的反映，「鉗」爲談部-am 的反映。相對的入聲韻母也有類似轉換：

編號	注章訓字	上古韻部	音注	中古聲母	中古韻目	中古等第	中古開合	中古擬音	中古聲調
10-1	湁	緝	口恰	溪	洽	二	開	khăp	入
		葉	口劫	溪	業	三	開	khjɐp	入
29-37	檝	葉	子葉	精	葉	三	開	tsjäp	入
		緝	才入	從	緝	三	開	dzjəp	入

「湁」、「檝」二例是上古韻母-əp、-ap 之間的轉換。「湁」的兩讀，「口恰」爲緝部-əp 的反映，「口劫」爲葉部-ap 的反映；「檝」的兩讀，「子葉」爲葉部-ap 的反映，「才入」爲緝部-əp 的反映。與陽聲韻部平行，都是主要元音-ə、-a 之間的轉換。

蒲立本由漢語內部同源詞，提出元音-ə、-a 的轉換關係（Pulleyblank 1963：220-221，韻部名稱爲本文所加）：

之部：		魚部：	
峙	"to store, prepare"	儲	"a store"
置	"set, place, arrange"	著	"place, order of place, position"
硋，礙	"obstruct"	忤	"oppose"
貽	"give"	予	"give"
而	"connective particle"	如	"like, if"
蒸部：		陽部：	
等	"step, class"	黨	"class, category"
侵部：		談部：	
譚	"speak about"	談	"speak, converse"
嘾	"keep in the mouth"	啖	"devour"
緝部：		葉部：	
合	"join, unite, shut"	盍	"to thatch, cover"
微部：		歌部：	
依	"to lean on"	倚	"to lean on"
螘	"ant"	蟻	"ant"
微	"small; there is not"	靡	"small; there is not"
隤	"collapse"	墮	"destroy, overthrow"
尸	"set forth, display"	施	"spread out, expose"
幽部：		宵部：	
皋	"high"	高	"high"
學	"learn, school"	校	"school"
斆	"teach"	效	"imitate, follow, give instructions to"
之部：		陽部：	
似	"resemble"	像	"resemble, image"

　　每列左右兩字是寫爲不同字形的同源異形詞，左方的之、蒸、侵、緝、微、幽諸部主要元音爲-ə，右方的魚、陽、談、葉、歌、宵諸部主要元音爲-a。其中幽、宵部的「學」、「斆」、「效」、「校」四字互爲同源詞。之部「似」與陽部「像」除了元音的差異，韻尾還有陰陽對轉（詳§7.2.）。蒲立本所舉的同源異形詞反映與《經典釋文》「二反」、「三反」、「二音」、「三音」字相同的轉換，只是此處兩個形式寫爲不同的字形，「二反」、「三反」、「二音」、「三音」字則寫爲相同的字形。《廣韻》同義又音字中，之部與魚部、蒸部與陽部、微

部與祭部、文部與元部、幽部與宵部都有此類轉換（金慶淑 1993：240）。

諧聲字中也有此類接觸，元音-ə、-a 互諧的韻部當中，緝部與葉部互諧的實際相逢數超過機遇數（張亞蓉 2011：236-237）。諧聲本身僅能顯示「-ə 元音韻部與-a 元音韻部音近」；在李方桂對諧聲的嚴格假設下，認爲能諧聲的兩者主要元音必須相同（李方桂 2012：124），故能進一步認爲兩者有個相同的讀法。事實上，諧聲即便在此嚴格假設下，僅能得出「-ə 元音韻部與-a 元音韻部有相同的一讀」，並不能判斷是「-ə 元音韻部讀爲-a 元音」、「-a 元音韻部讀爲-ə 元音」、「兩者皆由第三種音演變而成」或者「兩者皆合流爲第三種音」。

《經典釋文》「二反」、「三反」、「二音」、「三音」字、蒲立本所舉的同源詞，以及《廣韻》同義又音字，因爲是同源異形詞，其存在本身就顯示：「-ə 元音韻部與-a 元音韻部，在發生某一音變前，或發生某一音變後，可有相同的一讀」。發現此現象後，我們更要問它們從何音變而來。一般來說，同源異形詞的兩個或三個形式有相同的來源，所以此三類同源異形詞皆顯示：只可能是「-ə 元音韻部讀爲-a 元音」、「-a 元音韻部讀爲-ə 元音」或「兩者皆由第三種音演變而成」，卻不能是「兩者皆合流爲第三種音」。因爲第四種解釋即是認爲兩讀並不同源，與同源異形詞的本質相違。

漢藏同源詞顯示：原始漢藏語的元音-ə 在上古漢語保存（龔煌城 2011b：19-21, 85），原始漢藏語演變至原始藏緬語，除了某些條件下保存（龔煌城 2011b：354-367）或在圓唇舌根韻尾前變爲-u，其他情況皆變爲-a（龔煌城 2011b：237-239）。漢語內部同源詞的轉換，反映漢語內部可能發生與原始藏緬語同樣的演變類型-ə > -a。龔煌城（2011b：261）認爲：

> 我主要的目的只是要指出漢語之、蒸部元音應該作*-ə，它與藏語、甚至與原始藏緬語的*-a 對應，而這樣的對應顯示，從原始漢藏語到原始藏緬語之間曾發生*-ə > *-a 的變化（參看龔煌城 2002）。這裡的主要論點是：假設*-ə > *-a 的變化比假設*-ɯ > *-a 的變化合理的多，而且很可能*-ə > *-a 的變化也在漢語的若干方言中發生過，因而有之、蒸（*-əg, *-ək, *-əng）與魚、陽（*-ag, *-ak, *-ang）的合韻發生。

金慶淑討論《廣韻》同義又音字反映的之部與魚部、蒸部與陽部、微部與

祭部、文部與元部、幽部與宵部、之部與祭部的轉換時，引上述漢藏比較的證據，認為上古漢語曾發生-ə > -a的方言音變（金慶淑 1993：15-17）。梅廣亦認為（1994：14-15）：

> 金慶淑根據龔煌城的研究（Gong1980），指出原始漢藏語有元音〔ə〕變〔a〕的規律，漢語的元音交替現象顯示這條規律在漢語支內部也曾活躍過，雖然只是局部性甚或偶發性的。

因為漢藏同源詞的證據，我們才能確認「-ə元音韻部與-a元音韻部，在發生某一音變前，或發生某一音變後，可有相同的一讀」，應是因為漢語內部發生過-ə > -a的局部性演變，同源異形詞中-ə元音與-a元音兩讀的共同來源是-ə元音的讀法。

將上古漢語視為一個系統時的局部性演變，此處龔煌城、金慶淑、梅廣、李妍周（1995：134）皆認為是方言現象。在肯定其為方言現象的前提上，梅廣進一步認為（1994：14）：

> 需要指出的是，在古代漢語，中低元音的交替還不僅是一種方音現象：它也出現在同一語言（方言）中。詩經中有一些成對出現的疊音詞應非不同方言詞彙的混雜，究其實這是詩人利用元音交替作為一種修辭手段所產生的「自由變體」（free variant）。試看小雅蓼莪末二章：
>
> 　　南山烈烈（-a-），飄風發發（-a-），民莫不穀，我獨何害！
>
> 　　南山律律（-ə-），飄風弗弗（-ə-），民莫不穀，我獨不卒。
>
> 毛傳：律律猶烈烈也；弗弗猶發發也。烈烈和律律，發發和弗弗互為變體，也就是一個詞語的兩種念法。

類似的接觸也出現在諧聲字中。但是，元音-ə、-a 互諧的韻部當中，只有緝部與葉部互諧的實際相逢數超過機遇數。張亞蓉（2011：236-237）指出：

> 在《說文》諧聲中，緝部和葉部的實際相逢數為 11，機遇數為6.2。……但是，和主流的諧聲、押韻方式相比，像緝部和葉部這種非陰陽入相承，主要元音不同，僅韻尾相同的通押、通諧現象只是極少數。

-ə、-a 互諧在諧聲中並不常見，顯示造成此轉換的方言音變，活躍的時間較靠近漢語剛誕生時，早於漢字的誕生。此音變在上古時期已經不太活躍，因此僅有部分方言音變反映在諧聲中。梅廣在三頁當中，即五度重申-ə > -a 方言音變發生的時間應當很早（梅廣 1994：14-16）：

我們推測元音交替現象可能在原始漢語就已經出現了。（頁 14）

照這樣推想，漢語的元音交替應當發生得很早。（頁 15）

由此看來，央元音的移動現象很可能在漢藏語系漢語支成立的時期就已經出現了。（頁 15）

央元音移動的規律在漢語支應當出現得很早，影響的區域也必定很廣大，成爲古漢語方言的一個顯著的特色，所以會留下記錄。（頁 16）

從漢語支成立的時期開始，漢語的内部就有方言的差異。我們認爲巉巖和岑崟之間，以及巉巖和巑岏之間的差別本來就是方言性的，而這些都是很古老的方言現象。（頁 16）

本文亦秉持此態度，認爲在有同源詞證據的前提下，如果諧聲類似的接觸並不多，顯示此音變發生的時間很早。上古漢語主要元音爲-ə 的之蒸、微文部，演變入閩南語白話層，主要元音可變爲-a（徐芳敏 1991：555-558）。可能元音低化是漢藏語系很活躍的演變類型，部分現代漢語方言也發生了此演變。對-ə > -a 局部性演變有總體認識後，再看《經典釋文》「二反」、「三反」、「二音」、「三音」字中，其他韻尾的平行例子。

編號	注章訓字	上古韻部	音注	中古聲母	中古韻目	中古等第	中古開合	中古擬音	中古聲調
19-4	嘒	祭	似銳	邪	祭	三	合	zjwäi	去
		微	息遂	心	至	三	合	sjwi	去
29-85	篲	微	似醉	邪	至	三	合	zjwi	去
		祭	似銳	邪	祭	三	合	zjwäi	去
30-1	彗	微	息遂	心	至	三	合	sjwi	去
		祭	囚銳	邪	祭	三	合	zjwäi	去

「彗」的兩讀，「似銳」爲祭部-ad 的反映，「息遂」爲微部-əd 的反映；

「篷」的兩讀，「似醉」爲微部-əd 的反映，「似銳」爲祭部-ad 的反映；「聟」的兩讀，「息逐」爲微部-əd 的反映，「囚銳」爲祭部-ad 的反映。

相對的陽聲韻母也有類似轉換：

編號	注章訓字	上古韻部	音注	中古聲母	中古韻目	中古等第	中古開合	中古擬音	中古聲調
29-26	紃	文	囚春	邪	諄	三	合	zjuěn	平
		元	昌沿	昌	仙	三	合	tɕhjwän	平

「紃」的兩讀，「囚春」爲文部-ən 的反映，「昌沿」爲元部-an 的反映。因爲有同源異形詞的證據，顯示諧聲此類接觸確實不只是音近，而是-ən、-əd 與-an、-ad 之間有轉換的關係。上文所舉「衿」、「涪」、「櫼」諸例反映唇音韻尾韻部-ə > -a 的演變，「聟」、「篷」、「聟」、「紃」的轉換關係，也源自-ə > -a 的局部性演變，顯示此演變也發生在舌尖韻尾的韻部當中。

編號	注章訓字	上古韻部	音注	中古聲母	中古韻目	中古等第	中古開合	中古擬音	中古聲調
27-6	愀	幽	在久	從	有	三	開	dzjə̌u	上
		宵	七小	清	小	三	開	tshjäu	上
29-33	熇	宵	許各	曉	鐸	一	開	xâk	入
		幽	火沃	曉	沃	一	合	xuok	入
29-60	膲	宵	火各	曉	鐸	一	開	xâk	入
		幽	火沃	曉	沃	一	合	xuok	入

「熇」、「膲」依聲符屬於宵部，皆有一讀爲中古沃韻。雖有部分宵部字變入中古沃韻，董同龢（1944：85-86）、李方桂（2012：149）皆認爲這是方言混雜的結果，金慶淑（1993：42）更認爲宵部沃韻字皆來自幽部。由上文已知古漢語有-ə > -a 的方言音變，宵部沃韻字當是此音變的產物。

「愀」的兩讀，「在久」爲幽部-əgw 的反映，「七小」爲宵部-agw 的反映；「熇」的兩讀，「許各」爲宵部-akw 的反映，「火沃」爲幽部-əkw 的反映；「膲」字的兩讀，「火各」爲宵部-akw 的反映，「火沃」爲幽部-əkw 的反映。同義異讀反映-əgw、-əkw 與-agw、-akw 之間的轉換，此類轉換也是源自-ə > -a 的局部性演變。上述例子顯示，此演變也發生在圓唇舌根音韻尾的韻部當中。

6.3. 上古漢語高元音與中元音的轉換

6.3.1. 上古漢語元音 i、ə 之間的轉換

編號	注章訓字	上古韻部	音注	中古聲母	中古韻目	中古等第	中古開合	中古擬音	中古聲調
5-4	仳	脂	反几	幫/滂	旨	三	開	p（h）ji	上
	微	扶罪	並	賄	一	合	buâi	上

「仳」例兩讀爲上古脂部-id、微部-əd 之間的轉換。同源異形詞的轉換反映「元音-i、-ə 的韻部，在發生某一音變前，或發生某一音變後，可有相同的一讀」，但無法顯示此演變爲何。金慶淑（1993：241）認爲佳部與之部之間的轉換，源自-i > -iə > -ə 的方言演變。本文認爲，除了可能發生-i > -iə > -ə 的方言演變，也可能不需有-iə 的中間階段。根據漢藏比較，原始漢藏語的元音-i、-ə 演變入上古漢語以下韻部(漢藏同源詞的對應關係詳見龔煌城 2011b：101-123，391-393，括號標示的演變無實例)：

原始漢藏語唇音韻尾：

（-ib > -əb > -əgw）

（-ip > -əp）

-im > 侵部-əm 　　　　　例字：稟、沈、禁

（-əb > -əgw）

-əp > 緝部-əp 　　　　　例字：合、汲、泣

-əm > 侵部-əm 　　　　　例字：含、恁、心

原始漢藏語舌尖音韻尾：

-id > 脂部-id 　　　　　例字：妣、二、日

-it > 脂部-it 　　　　　例字：切、七、一

-in > 眞部-in 　　　　　例字：憐、髕、辛

-əd > 微部-əd 　　　　　例字：尾、幾、類

-ət > 微部-ət 　　　　　例字：掘、胃

-ən > 文部-ən 　　　　　例字：孫、饉

原始漢藏語舌根音韻尾：

-ig > 佳部-ig	例字：是
-ik > 佳部-ik	例字：滴、緆
-ing > 耕部-ing	例字：爭、名、甥
-əg > 之部-əg	例字：母、耳、子
-ək > 之部-ək	例字：墨、翼、織
-əng > 蒸部-əng	例字：憎、夢、蒸

原始漢藏語圓唇舌根音韻尾：

（-igw > -əgw）

-ikw > 幽部-əkw	例字：目

（-ingw > -əngw）

-əgw > 幽部-əgw	例字：胞、鳩、舅
-əkw > 幽部-əkw	例字：篤、毒、六
-əngw > 中部-əngw	例字：躬

　　原始漢藏語的元音-i 演變至上古漢語，在唇音韻尾與圓唇舌根音韻尾前變為上古漢語元音-ə，在舌尖音與舌根音韻尾前仍與元音-ə 保持區別。亦即在唇音韻尾與圓唇舌根音韻尾前-i > -ə 是全面性演變。如果舌尖音或舌根音韻尾前元音-i 與-ə 的韻部有轉換關係，很可能來自與-i > -ə 全面性演變平行的-i > -ə 局部性演變。

　　如果採用金慶淑的看法，此-i > -iə > -ə 演變是為了元音-i、-ə 的轉換特設的（Ad hoc）解釋，只能解釋此一現象。如果採用本文的看法，解釋上有三點長處：

一、舌尖音、舌根音韻尾前-i > -ə 的局部性演變，與唇音韻尾、圓唇舌根音韻尾前-i > -ə 的全面性演變，構成平行演變的關係。

二、古漢語內部-i > -ə 的演變與古漢語內部-u > -ə 的演變，也構成平行演變的關係（詳§6.3.2.）。

三、古漢語內部-i > -ə、-u > -ə 的演變，與藏緬語-ə > -a 的演變，以及西夏語-i > -e、-u > -o 的演變，共同構成漢藏語元音低化的演變類型（詳§6.1.）。

我們應盡可能避免特設的解釋，如果一個說法能同時解釋系統中較多的現

象，則其解釋力較高。如果採用-i > -ə 的看法，則能將元音-i、-ə 的轉換，放入整個上古漢語系統，甚至漢藏語系統中，並給予一致的「低化」解釋。

上文由同源詞反映的平行演變，已足以說明可能發生-i > -ə 的局部性演變。此外，中部與眞部的諧聲，實際相逢數超過了機遇數（張亞蓉 2011：237，冬部即中部，並附上諧聲系列）：

	實際相逢數	機 遇 數
冬部與眞部	7	2.9

囷（眞）：農（冬）癑（冬）襛（冬）濃（冬）醲（冬）獷（冬）鹽（冬）

在§1.3.2.（詳 Gong 1976：60-69），已提及幽文對轉反映-ngw > -n 的方言音變，因此已知中部字-əngw 可經由此方言演變進入文部-ən。柯蔚南（Coblin 1986：76）認爲原始漢藏語的-ikw 變入上古漢語的幽部-əkw。如果存在平行的演變，則-ingw 也當變入上古漢語的中部-əngw。結合以上兩點，中部與眞部的諧聲可能反映-ingw > -in 的方言演變。-ingw 經過元音低化的規律變化，變入中部-əngw；在元音低化之前，如果發生-ngw > -n 的方言音變，則變入眞部-in，反映在諧聲上就是中部與眞部的諧聲。在元音低化之後才發生-ngw > -n 的方言音變，就會成爲普通的幽文對轉，是我們已知的現象。-ngw > -n 與-i > -ə 二音變的第四種排列組合，則是先發生-ngw > -n 的方言音變進入眞部，再發生-i > -ə 的演變進入文部。如果脂、眞部與微、文部的轉換來自-i > -ə 的演變，則與-ngw > -n 演變的相對關係可以解釋得很好。如果脂、眞部與微、文部的轉換來自-i > -iə > -ə 的演變，則意味著在發生-ingw > -in 的方言音變後，原本應該發生的-in > -ən 音變竟無法發生，反而可能發生不存在系統別處的-i > -iə > -ə 音變，此即上文所云的「特設」音變。

由以上的討論，脂、微兩部同源異形詞元音-i 與-ə 的轉換，可能發生-i > -ə 的局部性演變，與幽部的全面性演變平行。由整個漢藏語，以及演變的系統性著眼，-i > -ə 的局部性演變，很可能不經過-iə 的中間階段。

附帶一提，諧聲中-i、-ə 韻部之間的接觸，可能兩者分別經過-i > -ai（詳§6.4.1.）與-ə > -a（詳§6.2.）的演變，因主要元音音近故可諧聲。但同義異讀不可作此解釋。同義異讀是同源異形詞，同源異形詞有相同來源，而這種解釋視兩讀爲異源，與同源詞的性質不合。我們的解釋必須合乎材料的性質。

6.3.2. 上古漢語元音 u、ə 之間的轉換

編號	注章訓字	上古韻部	音注	中古聲母	中古韻目	中古等第	中古開合	中古擬音	中古聲調
19-1	嬬	幽	而又	日	宥	三	開	ȵʑjə̌u	去
		侯	而于	日	虞	三	合	ȵʑju	平
29-50	罦	幽	浮	並	尤	三	開	bjə̌u	平
		侯	孚	滂	虞	三	合	phju	平
29-78	陬	幽	側留	莊	宥	三	開	tʂjə̌u	去
		侯	子侯	精	侯	一	開	tsə̌u	平

　　「嬬」、「罦」、「陬」諸例兩讀之間，爲幽部-əgw 與侯部-ug 之間的轉換。《廣韻》的「膧」、「濼」、「熇」三字，各有鐸韻、屋韻、沃韻三讀，三讀分別是上古宵部-akw、侯部-uk、幽部-əkw 的反映。幽、宵兩部的轉換關係已見 §6.2.，侯部與其他兩部的關係則在此討論。

　　原始漢藏語的元音-ə 演變至原始藏緬語，在圓唇舌根韻尾前變爲-u（龔煌城 2011b：239）。金慶淑（1993：29-30）據此認爲幽、侯兩部的轉換關係，顯示上古漢語元音-ə 在圓唇舌根韻尾前也發生-ə > -u 的方言現象。李妍周（1995：108,148）同意其說，梅廣（1994：15）亦認爲：

> 我們知道，宵侯之間極少來往，但幽侯（中東）之間頗多又音的例子，元音 ə、a 之間關係更是密切（不限於舌根韻尾前），因此對這三個讀音的關係，合理的解釋應是宵侯兩個讀音都是從幽部讀音轉來的。換句話說，我們得假定上古某些方言在一定條件下發生過央元音上移的現象，而另外某些方言在一定條件下發生過央元音下移的現象。央元音上移的條件似乎和藏緬語的情形相同：都是和唇化舌根韻尾有關。……總之，藏緬語的央元音移動和古漢語央元音的移動，其發生條件即使不是完全一樣，也有足夠的相同點可以斷定二者的關係。由此看來，央元音的移動現象很可能在漢藏語系漢語支成立的時期就已經出現了。

　　原始藏緬語此演變以圓唇舌根韻尾爲條件，古漢語此處亦爲圓唇舌根韻尾，條件相同。「嬬」、「罦」、「陬」的同源異形詞轉換，應來自上古漢語與原始藏緬語同類型的演變-ə > -u / __-Kw（Kw 表示圓唇舌根音，K 表示舌根音）。

幽部一讀保持不變；侯部一讀經過-ə > -u / __-Kw 的演變，韻尾又發生-Kw > -K
的演變（詳§7.4.3.）。

編號	注章訓字	上古韻部	音注	中古聲母	中古韻目	中古等第	中古開合	中古擬音	中古聲調
6-1	朡	之 / 微	五回	疑	灰	一	合	nguâi	平
		東	五公	疑	東	一	合	ngung	平

　　「朡」東韻一讀來自東部-ung，灰韻一讀可能來自之部，亦可能來自微部。
聲符屬侯部，只能確認東韻一讀與東部的關係，沒有辦法判斷灰韻一讀的來源。
但無論之部或微部，主要元音都是-ə。此例也是元音-u、-ə 的轉換，但韻尾並
非圓唇舌根音，不符合上述的條件。

　　同義異讀只能顯示，參與轉換的兩個音類，在發生某一音變前，或發生某
一音變後，可有相同的一讀，無法顯示來源於什麼音變。根據漢藏比較，原始
漢藏語的元音-u、-ə 演變入上古漢語以下韻部（漢藏同源詞的對應關係詳見龔
煌城 2011b：101-123, 391-393，括號中無例）：

原始漢藏語唇音韻尾：

　　-ub > -əb > 幽部-əgw　　　　　例字：柔

　　-up > 緝部-əp　　　　　　　　例字：洽

　　-um > 侵部-əm　　　　　　　　例字：戡、三

　　（-əb > -əgw）

　　-əp > 緝部-əp　　　　　　　　例字：合、汲、泣

　　-əm > 侵部-əm　　　　　　　　例字：含、恁、心

原始漢藏語舌尖音韻尾：

　　-ud > 微部-əd　　　　　　　　例字：水

　　-ut > 微部-ət　　　　　　　　例字：卒

　　-un > 文部-ən　　　　　　　　例字：奔、昏、糞

　　-əd > 微部-əd　　　　　　　　例字：尾、幾、類

　　-ət > 微部-ət　　　　　　　　例字：掘、胃

　　-ən > 文部-ən　　　　　　　　例字：孫、饉

原始漢藏語舌根音韻尾：

-ug > 侯部-ug	例字：寇、乳、孺
-uk > 侯部-uk	例字：逗、椓、燭
-ung > 東部-ung	例字：蜂、痛、冡
-əg > 之部-əg	例字：母、耳、子
-ək > 之部-ək	例字：墨、翼、織
-əng > 蒸部-əng	例字：憎、夢、蒸

原始漢藏語圓唇舌根音韻尾：

（-ugw > -ug）

-ukw > 侯部-uk	例字：足、族
-ungw > 東部-ung	例字：洞、用、容
-əgw > 幽部-əgw	例字：胞、鳩、舅
-əkw > 幽部-əkw	例字：篤、毒、六
-əngw > 中部-əngw	例字：躬

無論「腢」灰韻一讀爲之部或微部，與東部都是元音-u、-ə 的轉換，外加韻尾陰陽對轉（詳§7.2.）。如果灰韻一讀爲之部，則演變爲：

	前上古漢語		上古漢語	
腢（五回）	*-ug	>	*-əg	（之部）
腢（五公）	*-ung	>	*-ung	（東部）

如果灰韻一讀爲微部，則另外發生-g > -d 的演變（詳§7.4.1.），依兩個演變發生的先後還有兩種可能：

	前上古漢語				上古漢語	
先-g > -d	*-ug	>	*-ud	>	*-əd	（微部）
先-u- > -ə-	*-ug	>	*-əg	>	*-əd	（微部）

此-u > -ə 的局部性演變，解釋上有三點長處：

一、舌根音韻尾前-u > -ə 的局部性演變，與唇音韻尾與舌尖音韻尾前-u > -ə 的全面性演變，構成平行演變的關係。

二、古漢語內部-u > -ə 的演變與古漢語內部-i > -ə 的演變，也構成平行演變的關係（詳§6.3.1.）。

三、古漢語內部-u > -ə、-i > -ə 的演變，與藏緬語-ə > -a 的演變，以及西夏
語-i > -e、-u > -o 的演變，共同構成漢藏語元音低化的演變類型（詳
§6.1.）。

此三點長處與-i > -ə 演變的三點長處類似（詳§6.3.1.）。金慶淑（1993：241）
認爲侯部與之部的轉換，來自-u > -ə 的方言演變；佳部與之部的轉換，卻認爲
來自-i > -iə > -ə 的方言演變。面對兩個平行的現象，解釋卻不同調。依本文的
看法，兩者分別發生-u > -ə 與-i > -ə 的局部性演變，都屬於漢藏語普遍存在的
元音低化演變類型。

6.4. 上古漢語高元音與低元音的轉換

6.4.1. 上古漢語元音 i、a 之間的轉換

一、舌尖音韻尾韻部

編號	注章訓字	上古韻部	音注	中古聲母	中古韻目	中古等第	中古開合	中古擬音	中古聲調
30-3	萹	眞	補殄	幫	銑	四	開	pien	上
		元	匹緜	滂	仙	三	開	phjiän	平

「萹」例兩讀爲上古眞部-in、元部-an 之間的轉換。類似的接觸也出現於
諧聲中（張亞蓉 2011：234，並附上諧聲系列）：

	實際相逢數	機 遇 數
錫部與藥部	6	4.6

翟（錫）：躍（藥）

敫（藥）：繁（錫）：覈（錫）

觳（藥）：磬（錫）

錫部即佳部入聲，藥部即宵部入聲，兩者實際相逢數超過了機遇數。佳部
入聲的韻母爲-ik，宵部入聲的韻母爲-akw，兩者元音有-i 與-a 的轉換。此外，
佳部的韻尾應發生-kw > -k 的演變（詳§7.4.3.）。

無論諧聲或同義異讀都只能顯示主要元音-i、-a 兩讀來自共同原始形式，
無法反映如何演變。李方桂（2012：153）認爲佳、歌兩部的接觸來自-i > -ia

的演變。金慶淑（1993：241）認爲耕、脂、眞部與陽、祭、元部的轉換，發生了-i > -ia > -a 的方言演變。李妍周（1995：103,145）亦贊成兩人的說法。

馬蒂索夫指出，原始藏緬語應存在-i 與-ia 的轉換（Matisoff 1978：40-41）：

	*-i-	*-ya-
"eye"	藏語 mig	緬甸語 myak
"pheasant"	緬甸語 rac	藏語 sreg-pa

藏緬語的-ya 相當於上古漢語的-ia。以上藏緬同源詞中，第一個詞藏語的形式元音爲-i，緬甸語的形式元音爲-ia；第二個詞緬甸語的韻母-ac 來自更早的-ik，藏語的韻母-eg 則來自更早的-iak。藏語的-i 可對應緬甸語的-ia，緬甸語的-i 也可對應藏語的-ia。此類對應顯示，可能原始藏緬語已存在-i 與-ia 的轉換。

原始藏緬語-i 與-ia 有轉換關係，轉換又是演變的產物。造成此轉換的演變可能是-i > -ia 的裂化。原始藏緬語也有-u > -ua 的裂化，詳§6.4.2.，與-i > -ia 是平行演變。由此，古漢語-i 韻部與-a 韻部的轉換，應與藏緬語-i 與-ia 的轉換同類。可能都來自-i > -ia 的演變。發生-i > -ia 的演變後，古漢語又發生-ia > -a 的演變，變入-a 元音韻部；未發生此二演變，則保持-i 元音。「匾」爲重紐四等字，主要元音可能是複元音-ia，此例可能演變僅發生至-i > -ia 的階段，並未進一步演變爲-a。

此-i > -ia > -a 的局部性演變，解釋上有三點長處：

一、古漢語內部-i > -ia（> -a）的演變與古漢語內部-u > -ua（> -a）的演變構成平行演變的關係（詳§6.4.2.）。

二、古漢語內部-i > -ia（> -a）的演變與藏緬語-i > -ia 的演變，演變類型相同。

三、此演變可能屬於漢藏語元音低化演變類型的一環（詳§6.1.）。原始漢藏語的元音-i、-u 演變入西夏語，在介音-j-之後保存，其他情況則變爲元音-e、-o（龔煌城 2011b：94）。西夏語-i > -e 的演變，可能經過-i > -ia > -e 的演變過程；-u > -o 的演變，可能經過-u > -ua > -o 的演變過程。

以上是傳統的解釋，本文僅爲其找到漢藏語的支持。不過藏緬語參與轉換

的都是-k尾字，與本文同源異形詞的-n尾字，韻尾相去甚遠，可能得算間接證據。

以下再提供另一種可能。原始漢藏語演變至古緬甸語有另一種元音分裂的演變（龔煌城2011b：4-5, 92-93）：

原始漢藏語	上古漢語	古藏語	古緬甸語
*ing	耕部*ing	ing	*-ing > -aing > -añ
*ik	佳部*ik	ig	*-ik > -aik > -ac
*ung	東部*ung	ung	*-ung > -aung
*uk	侯部*uk	ug	*-uk > -auk
*in	眞部*in	in	*-in > -ain > -añ
*it	脂部*it	id	*-it > -ait > -ac

古緬甸語在以上幾組韻母皆發生元音分裂，卻不是-i > -ia與-u > -ua，而是-i > -ai與-u > -au。原始漢藏語韻母*ing與*in，以及*ik與*it，因此在古緬甸語合流。此演變條件爲舌尖與舌根韻尾之前，正與古漢語此類轉換的條件相同。古漢語主要元音-i、-a之間的轉換，也可能是發生了同樣的演變類型-i > -ai。又因爲古漢語系統中沒有複元音-ai，再調整爲系統中既有的-a。古漢語的韻尾可能並未發生古緬甸語的顎化演變。

以上爲-i > -ai的音變找到了漢藏語的支持。更進一步，此演變正是語言類型上普遍存在的元音高化演變類型的一環。中古英語的元音大轉移（the great vowel-shift）即是此演變類型的代表（Jespersen 1954：232）：

a: > ɛ: > e: > i: > ai

ɔ: > o: > u: > au

此演變僅發生於長元音。沒有元音長短區別的語言，元音一般就是長元音，並不特別標出長音符號。其中元音高化的最後一個階段，稱爲高頂出位（朱曉農2008：98-121），元音-i、-u最終裂化爲複元音-ai與-au。經由以上討論，-i > -ai的局部性演變，解釋上有兩點長處：

一、古漢語內部-i > -ai的演變與古緬甸語-i > -ai的演變，演變類型相同。

二、此演變可能屬於元音高化演變類型的一環，此演變在語言類型上具有普遍性。

本文兩說並存，「鬲」例保持不變則爲眞部一讀；元部一讀可能發生*-in >
-ian > -an 的演變，或者*-in > -ain > -an 的演變。

二、舌根音韻尾韻部

編號	注章訓字	上古韻部	音注	中古聲母	中古韻目	中古等第	中古開合	中古擬音	中古聲調
29-57	餲	祭	央例	影	祭	三	開	ʔjäi	去
		脂	央冀	影	至	三	開	ʔji	去
14-2	纚	佳	色買	生	蟹	二	開	ṣaï	上
		歌	所綺	生	紙	三	開	ṣjě	上
29-72	灑	佳	所蟹	生	蟹	二	開	ṣaï	上
		歌	所綺	生	紙	三	開	ṣjě	上
29-84	灑	佳	所買	生	蟹	二	開	ṣaï	上
		歌	所綺	生	紙	三	開	ṣjě	上

「餲」例兩讀爲上古脂部-id、祭部-ad 之間的轉換。「纚」、「灑」諸例兩讀
爲上古佳部-ig、歌部-ad 之間的轉換。第一種解釋方式，是發生-i > -ia > -a 的演
變，保持不變則進入脂、佳部，發生此演變則進入祭、歌部。「纚」、「灑」諸例
歌部一讀又發生-g > -d 的方言演變（詳§7.4.1.）。

這幾例都是陰聲韻母之間的轉換。如果採用第二種解釋方式，這幾例同義
異讀反映的轉換現象，顯示-i > -ai 的局部性演變，亦可發生於-g、-d 韻尾之前。
如果從原始漢藏語來看，原始漢藏語的韻尾-g、-d 演變入古緬甸語，已變爲半
元音韻尾或者消失，故古緬甸語不能發生此演變。古漢語韻尾-g、-d 尚未變爲
元音時，韻尾-g、-d 仍與-k、-ng、-t、-n 有平行地位，仍可作爲此演變的條件。
由此，古漢語可能發生以下平行的局部性演變：

　　*-ig> -aig > -ag

　　*-id> -aid > -ad

「纚」、「灑」諸例維持不變則爲佳部一讀，歌部一讀可能發生*-ig> -aig >
-ag 的演變，韻尾又發生-g > -d 的方言演變（詳§7.4.1.）。「餲」例維持不變則
爲脂部一讀，發生*-id> -aid > -ad 的演變則爲祭部一讀。

上古漢語主要元音爲-i 的韻部，脂眞、佳耕部在閩南語白話層有陰聲-ai、
陽聲-an、入聲-at 的讀法；上古漢語主要元音爲-u 的韻部，侯東部在閩南語白

話層有陰聲-au、陽聲-ang、入聲-ak 的讀法（徐芳敏 1991：555-558）。閩南語的讀法可能發生了平行的-i > -ai，以及-u > -au 演變，與本節的轉換可能是類似的演變類型。

6.4.2. 上古漢語元音 u、a 之間的轉換

編號	注章訓字	上古韻部	音注	中古聲母	中古韻目	中古等第	中古開合	中古擬音	中古聲調
5-2	茁	祭	側劣	莊	薛	三	合	tʂjwät	入
		微	側刷	莊	鎋（點）	二	合	tʂwät	入

《經典釋文》鎋、點不分，「側刷」可能爲祭部鎋韻，亦可能爲微部點韻；薛韻則只來自祭部。因聲符「出」屬微部，「側刷」應是微部讀法，否則兩讀都屬祭部。因此此「茁」例兩讀爲上古微部-ət、祭部合口銳音聲母-uat 之間的轉換。相對的陽聲韻母也有類似轉換：

編號	注章訓字	上古韻部	音注	中古聲母	中古韻目	中古等第	中古開合	中古擬音	中古聲調
30-40	駃	元	兖	以	獮	三	合	jiwän	上
		文	允	以	準	三	合	jiuěn	上

「駃」例兩讀爲上古文部-ən、元部合口銳音聲母-uan 之間的轉換。「茁」、「駃」兩例同義異讀反映主要元音-ə、-ua 之間的轉換。因爲此處的祭元部是合口銳音聲母，主要元音不是-a 而是-ua，不能認爲是微文部的-ə 經由-ə > -a 的演變進入祭元部（詳§6.2.）。此類轉換必須尋求其他解釋。

原始漢藏語的元音-u 演變至上古漢語，在唇音韻尾與舌尖音韻尾前變爲上古漢語元音-ə。微、文兩部元音有-ə、-u 兩個原始漢藏語來源（龔煌城 2011b：84）。主要元音-ə、-ua 之間的轉換無法以-ə 作爲出發點解釋，可能須以-u 作爲演變的出發點。亦即，此處微、文部與祭、元部合口銳音的轉換，反映更早的-u、-ua 之間的演變。

首先，檢驗藏緬語有無類似的演變類型。由漢藏比較可發現，原始漢藏語演變至藏緬語，發生了-u > -ua 的演變。漢藏同源詞如下（龔煌城 2011b：392-393）：

*-ungw

| 上古漢語 | 洞 | *dung < **dungw | 'to flow rapidly' （1176, h） |

'hole, cave; deep, profound; make a hole penetrate'

| 古藏語 | | dong < *dwang < **dungw |

'a deep hole, pit, ditch; depth, deepness, profundity'

| 古緬甸語 | | twâng < *tungw < **dungw | 'hole, pit' |

thwâng < *thungw < *sdungw 'make a hole into, scoop out'

| 上古漢語 | 筒 | *dung < *dungw | 'tube' （1176, g） |
| 古藏語 | | dong-po, ldong-po | 'tube' |

| 上古漢語 | 同 | *dung < *dungw | 'together, join, assemble' |
| 古藏語 | | sdong-ba, sdongs-pa （rdongs-pa） | |

'to unite, to join （in undertakings）, to associate one's self with'

| 上古漢語 | 用 | *jwong < *lungs < *lungws | 'use, empioy' （1185, a） |
| 古藏語 | | longs < *lwangs < *lungws | 'to use, to enjoy' |

| 上古漢語 | 容 | *jwong < *lung < *lungw | |

'contain, hold; at ease, easy; pleased' （1187, a）

| 古藏語 | | long < *lwang < *lungw | 'leisure, time' |

*-jukw

上古漢語	足	*tsjuks < *tsjukws	'to add, to heap'
		*tsjuk < *tsjukw	'enough, sufficient'
古藏語		chog < *tshjog < * tshjwak	'to be sufficient, sufficiency'
古緬甸語		cwak＜*tsukw	'add, superadd'

*-ukw

| 上古漢語 | 族 | *dzuk＜*dzukw | 'clan, kin, group of families' |
| 古藏語 | | tshogs＜*tshwags | 'an assemblage of men' |

藏緬語的-wa 相當於上古漢語的-ua。在古藏語和古緬甸語，元音-u 受圓唇舌根音韻尾影響裂化爲-ua，圓唇舌根音韻尾變爲不圓唇韻尾。古藏語的-ua 又進一步變爲-o。上古漢語則元音並未發生演變，僅圓唇舌根音韻尾變爲不圓唇韻尾，進入侯、東部。龔煌城（2011b：392）認爲：

> 依我們的看法，在這裡藏語的-ong, -ok 對應緬甸語的-wang, wak，
> 我們認爲這乃是由原始漢藏語*-ungw, *-ukw 元音分裂所引起的變
> 化。

古緬甸語雖有-u > -ua 的元音分裂演變，此變化應以圓唇舌根音韻尾爲條件，可能是圓唇元音受後方圓唇韻尾異化所致。反觀上古漢語，此二例都是舌尖韻尾，與古緬甸語的條件不合。藏緬語-uKw > -uaK（Kw 表示圓唇舌根音，K 表示舌根音）的演變，無法爲古漢語-u 與-ua 之間的演變提供可靠的證言。企圖爲古漢語-u > -ua 的演變尋求漢藏語演變類型的支持，唯一的可能是：屬於漢藏語元音低化演變類型的一環（詳§6.1.）。西夏語-u > -o 的演變，可能經過-u > -ua > -o 的演變過程。這不失爲一種可能，但證據效力不強。

此轉換無法由藏緬語同類型的演變解釋，則可由上古漢語同類型演變尋求解釋。上古漢語有侯元、東元的轉換關係（詳§7.4.1.）。只由侯元、東元的轉換關係，無法判斷演變是-ung > -uang > -uan 或是-ung > -un > -uan。當文元的轉換放入合看，可知-ung > -un > -uan 較爲可能。

原始漢藏語的-un 大部分變入上古漢語的-ən，所以-un 在上古漢語已經是不存在的結構。當-ung 發生-ng > -n 的局部性演變，成爲不合系統的-un，爲了符合系統，進一步演變爲合系統的-uan，也就是「駹」元部合口一讀。原始漢藏語的-un 少數未變爲-ən，則與來自-ung 的-un 合流，演變爲-uan。此處的-u > -ua 與古緬甸語不同，並非以圓唇舌根音韻尾爲條件的音變，而是古漢語對不合結構的韻母-un 的調整，與侯元、東元的轉換反映的演變同類型。

「茁」、「駹」兩例前上古漢語可能仍爲-u 元音，由前上古漢語至上古漢語，微文部一讀才發生-u > -ə 的演變，亦即可能在上古漢語與原始藏緬語分家後始發生此演變。其演變如下：

	前上古漢語			上古漢語	
㕞（側刷）	*-ut >	*-ət	>	*-ət	（微部）
㕞（側劣）	*-ut >	*-ut	>	*-uat	（祭部合口銳音）
馴（允）	*-un >	*-ən	>	*-ən	（文部）
馴（兖）	*-un >	*-un	>	*-uan	（元部合口銳音）

　　原始漢藏語與前上古漢語的元音-u，演變至上古漢語有兩種演變類型。經過-u > -ə 的演變類型進入微文部，少數殘餘經過-u > -ua 的演變類型則進入祭元部。-u > -ə 在唇音韻尾與舌尖音韻尾韻部為「全面性演變」，但另有-u > -ua 的演變類型，顯示演變的「全面性」也是相對的。事實上此演變雖發生於大部分的詞彙，但仍有未經過此演變的讀法保存下來，或者在未經過此演變的部分方言中保存。

第七章　韻　尾

7.1. 韻尾總論

張亞蓉（2011：226）指出，以陰、陽、入三分的 30 部統計，除了 30 部自諧的實際相逢數大於機遇數，還有 15 組韻部的互諧，實際相逢數在機遇數以上。純爲元音不同的韻部僅「緝部與葉部」（詳§6.2.）一組，其餘 14 組韻尾皆有差異。其中包括陰入對轉相諧 6 組（張亞蓉 2011：226-232）：

	實際相逢數	機　遇　數
支部與錫部	10	9.2
魚部與鐸部	36	35
侯部與屋部	15	12
幽部與覺部	38	13
脂部與質部	21	16
宵部與藥部	32	11

陽入、陰陽對轉相諧各 1 組（張亞蓉 2011：229-233）：

	實際相逢數	機　遇　數
屋部與東部	10	9.9
微部與文部	44	28

主要元音相同或不同，韻尾調音部位不同，相諧 6 組（張亞蓉 2011：233-238）：

	實際相逢數	機 遇 數
侵部與蒸部	23	7.3
錫部與藥部	6	4.6
宵部與侯部	35	26
月部與葉部	47	20
錫部與質部	8	8
冬部與眞部	7	2.9

陰聲韻部、入聲韻部的韻尾之間，並非調音方法的不同，而是發聲態的不同。陰入相諧比陽入、陰陽相諧多，反映諧聲對韻尾調音方法的要求較嚴格，對發聲態的要求可能較寬鬆。

7.2. 上古漢語同部位塞音韻尾、鼻音韻尾之間的轉換

編號	注章訓字	上古韻部	音注	中古聲母	中古韻目	中古等第	中古開合	中古擬音	中古聲調
28-6	瞋	眞	赤夷	昌	脂	三	開	tɕhji	平
			赤眞	昌	眞	三	開	tɕhjĕn	平
6-1	膭	侯	五回	疑	灰	一	合	nguậi	平
			五公	疑	東	一	合	ngung	平

本節諸例皆上古漢語塞音韻尾、鼻音韻尾之間的轉換。同部位輔音韻尾之間轉換，即所謂「陰陽對轉」[註1]，是漢藏語許多語言內部，以及跨語言之間，都廣泛存在的現象。以魚陽對轉爲例（龔煌城 2011b：97）：

往	*gwrjangx	于	*gwrjag	古藏語	'-gro	古緬甸語	krwa'
亡	*mjang	無	*mjag	古藏語	ma	古緬甸語	ma'
卬	*ngang	吾	*ngag	古藏語	nga	古緬甸語	nga
揚	*lang	异	*lag	古藏語	lang	古緬甸語	lang'
相	*sjang	胥	*sjag				
庠	*dzjang	序	*dzjagx				

〔註 1〕本文「陰陽對轉」包含發聲態的轉換。

娘	*nrjang	女	*nrjagx	古藏語	nya-mo nyag-mo		
迎	*ngrjang						
逆	*ngrjak	迓	*ngrags			古緬甸語	ngrâ
若	*njak	如	*njag	古藏語	na		
若	*njak	汝	*njagx			古緬甸語	nang

　　左方兩行爲漢語內部同源詞，兩者雖寫爲兩字，詞義相同，故是同源異形詞。右方兩行則爲它們共同對應的藏緬語同源詞。第二行的古漢語皆是魚部陰聲讀法，第一行則是魚部入聲或陽部的讀法。兩行的關係爲漢語內部的陰陽對轉。古漢語陰聲的-g 韻尾對應古藏語、古緬甸語的零韻尾；古漢語入聲的-k 韻尾對應古藏語的-g 與古緬甸語的-k；古漢語陽聲的-ng 韻尾對應古藏語的-ng 與古緬甸語的-ng（龔煌城 2011b：110-117）。以上是規則對應。只有同部位韻尾清塞音、濁塞音、鼻音差異的對應，則爲漢藏語的陰陽對轉，例如：

亡	*mjang	無	*mjag	古藏語		ma	古緬甸語	ma'

　　此例「亡」、「無」之間爲「漢語內部的陰陽對轉」。古藏語的 ma 與古緬甸語的 ma' 與「無」爲規則對應，古藏語的 ma 與古緬甸語的 ma' 與「亡」則爲「漢藏語的陰陽對轉」。

　　陰陽對轉並不別義。龔煌城（2011b：226-227）認爲，成因可能是韻尾在熟語中受後方聲母同化所致。金慶淑（1993：188）亦認爲「這些陰陽對轉，可能其起源爲同化作用。」馬蒂索夫指出，藏緬語同部位輔音韻尾之間的轉換也不別義（Matisoff 1978：25）：

> In most cases, however, expecially in noun-roots, the final stop / nasal alternation has no identifiable semantic correlate, nor can it be demonstrated to be due to the influence of any following morpheme… The patterning of the nasal- vs. stop-finalled allofams is triking in its randomness with respect to the particular Lolo-Burmese languages which exhibit each variant. Sometimes the alternation exists within a single language, in which cases there is usually semantic differentiation between the variants in that language, but not according to any identifiable pattern.

　　藏緬語同部位輔音韻尾之間的轉換多不別義，即便別義也並非「語義有規律的不同」，因此仍非構詞法，僅是同源異形詞互相競爭後的語義分工。

　　曹逢甫、陳彥伶（2012）認爲《彙音妙悟》中的陽入對轉，陽聲一讀由入聲加上小稱後綴「囝」，「囝」弱化後成爲接在音節後的鼻音。此說認爲入聲是詞幹形式，陽聲來自加後綴的形式。張雙慶、李如龍（1992：119-128）記載了閩粵方言的陽入對轉，由於有本字的通常是陽聲字，認爲入聲字源自陽聲字。面對此歧異，曹逢甫、陳彥伶（2012：238）只好認爲：

　　　　文中的陽入對轉若是起因於小稱加綴，參考張雙慶、李如龍入聲韻

　　　　組派生於陽聲韻組的說法，我們認爲此一小稱標誌必含入聲尾，與

　　　　《彙音妙悟》中源於「囝」的弱化鼻音小稱有所不同。不過，由於

　　　　我們缺乏足夠的證據，本文暫不爲這個議題做結。

　　本文認爲，雖然個別語言（方言）的確存在可能來自構詞法的陽入對轉，我們並沒有證據認爲「所有」的對轉都來自構詞法。由目前的認識，上古漢語內部、藏緬語內部、漢藏語之間的對轉並不別義，應是音韻現象而非構詞現象。張雙慶、李如龍所記載閩粵方言的陽入對轉，可能並非構詞法，而是保存漢藏語古老的音韻轉換機制。

　　因塞音、鼻音兩種韻尾都有可能是演變的起點，本文以↔表示在符號左方或右方的國際音標兩者都可能是演變起點。

　　「瞋」的兩讀分別是脂部-d與眞部-n，可能是 -d ↔ -n 的演變。脂眞部還有可能來自原始漢藏語的-r、-l 韻尾（詳§7.3.）。由於沒有漢藏同源詞，無法確定收-r、-l 韻尾或收-d 韻尾，此陰陽對轉可能是-d ↔-n，也可能是-r > -n 或-l > -n。

　　「騰」東韻一讀來自東部-ung，灰韻一讀可能來自之部，亦可能來自微部。聲符屬侯部，只能確認東韻一讀與東部的關係，沒有辦法判斷灰韻一讀的來源。之部與微部韻母分別是-əg 與-əd。此兩讀應原爲對轉關係，即灰韻一讀原爲-ug 韻母，與東韻一讀的-ung 對轉。灰韻一讀後來經過-u > -ə 的演變（詳§6.3.2.），由侯部變入之部灰韻；此讀若爲微部，則又經過-g > -d 的演變（詳§7.4.1.）。此例應是-g ↔-ng 的演變。

7.3. 上古漢語流音韻尾、鼻音韻尾之間的轉換

編號	注章訓字	上古韻部	音注	中古聲母	中古韻目	中古等第	中古開合	中古擬音	中古聲調
28-6	瞋	眞	赤夷	昌	脂	三	開	tɕhji	平
			赤眞	昌	眞	三	開	tɕhjĕn	平

　　龔煌城（2011b：51-65）據漢藏同源詞，確認部分上古漢語的脂眞、微文、歌元部字，來自原始漢藏語的-r、-l 韻尾。例如（引自龔煌城 2011b：393-402）：

編號	漢字	上古韻部	上古漢語擬音	古藏語轉寫
28	底	脂	*tilx	m-thil
29	洒	脂	*silx	b-sil
30	擠	脂	*tsir	'-tshir
31	分	文	*pjəl > *pjən	'-bul, '-phul
32	貧	文	*bjəl > *bjən	dbul
33	豸分	文	*phjər > *phjən	'-phur
	奮	文	*pjərs > *pjəns	
34	粉	文	*pjərx > *pjənx	dbur
35	根	文	*kəl > *kən	khul
36	銀	文	*ngjəl > *ngjən	dngul
37	煇	微	*xwjəl	khrol-khrol
38	歸	微	*kwjər	'-khor
39	飛	微	*pjər	'-phur
46	燔	元	*bjar > *bjan	'-bar
47	蹯	元	*bjar > *bjan	spar, sbar
48	難	元	*nar > *nan	mnar
49	竿	元	*kar > *kan	mkhar
50	半	元	*pars > *pans	dbar
51	鮮	元	*sjar > *sjan	gsar
52	燦	元	*tshjars > *tshjans	mtshar
53	瑳	歌	*tsharx	

　　由於上古漢語無法分辨-r、-l、-d 三種韻尾，原始漢藏語的形式由對應的古藏語韻尾決定。脂眞、微文、歌元部的陰陽對轉關係，有兩種可能。除了-d～-t

~ -n 的同部位輔音韻尾轉換，還有-r、-l > -n 的方言現象（龔煌城 2011b：62）。來自原始漢藏語-r、-l 韻尾的詞，如發生-r、-l > -n 的方言現象則爲眞、文、元部，否則爲脂、微、歌部。

「瞑」的兩讀分別是脂部與眞部，由於沒有漢藏同源詞，無法確定收-r、-l 韻尾或收-d 韻尾，此陰陽對轉可能是-r > -n 或-l > -n，也可能是 d ↔-n。

7.4. 上古漢語異部位輔音韻尾之間的轉換

7.4.1. 上古漢語舌尖音韻尾、舌根音韻尾之間的轉換

龔煌城（Gong 1976：83-85）由漢語內部同源詞，提出-ing > -in 與-ik > -it 與-ig > -id 的方言演變。其同源異形詞舉幾例如下（龔煌城 2011b：272）：

同源異形詞：

《說文》「顛、頂也。」

顛	*tin < *ting	'top of the head'（375, m）
頂	*tingx	'top of the head'（833, e）

一字兩讀兼同源異形：

《廣韻》　　「瞑、莫經切（*ming）、合目瞑瞑」

　　　　　　「瞑、莫賢切（*min）、同『眠』，《說文》曰『翕目也。』」

但僅有同源異形詞以及諧聲，只能得知-g 與-d 互相轉換，無法得知當中發生什麼演變。我們在知道兩讀有相同來源後，更要進一步問其原始形式爲何，以及它們經由什麼演變而來。由漢藏比較可知，上古漢語的-g, -k, -ng 規則對應於古藏語的-Ø, -g, -ng，但有些古藏語的-g, -ng 例外對應於上古漢語的-t, -n（龔煌城 2011b：112-114）：

上古漢語　年	*ning > *nin > nien	'harvest; year　（364, a）'
古藏語	na-ning	'last year'　kha-ning 'last year'
古緬甸語	ə-hnac < *ə-hnik	'a year'

上古漢語　仁	*njing > *njin > ńźjěn	'kind, good　（388, f）'
古藏語	snying	'heart, mind'

| 古緬甸語 | hnac < *hnik | 'heart' |
| 西夏語 | *njiij | 'heart（1.39, S3769）' |

上古漢語　薪	*sjing > *sjin > sjĕn	'firewood（382, n）'
古藏語	shing < *sying	'tree, wood'
古緬甸語	sac < *sik	'wood, timber'
西夏語	*sji	'tree'

上古漢語　新	*sjing > *sjin > sjĕn	'new, renew（382, k）'
古緬甸語	sac < *sik	'new, not old'
西夏語	*sji	'new（2.10, S1764）'
	*sjɨ	'renew, new（2.28, S1113）'
	*sjiw	'new（1.46, S1465）'

上古漢語　節	*tsik > *tsit > tsiet	'knots or joints of bamboo（399, e）'
古藏語	tshigs	'joint, knee, knot'
古緬甸語	ə-chac < *ə-tshik	'a joint'
西夏語	*tsewr　（*e < *i）	'joint, division of time（1.87, S1879）'
上古漢語　蝨	*srjik > *srjit > □jɛt	'louse（506, a）'
古藏語	shig	'louse'
西夏語	śjiw	'louse（2.40, S2276）'

　　由漢藏比較的證據，我們始能判斷，原始形式當是-ing、-ik、-ig。漢藏比較的例外對應，以及漢語內部同源詞的轉換，共同反映漢語內部曾發生-ing > -in 與-ik > -it 與-ig > -id 的方言演變。前人（羅常培、周祖謨 2007：52，李方桂 2012：151，Gong 1976：83-85）皆認爲-ng > -n 的演變是方言變化，即是在認定同一字有兩讀的前提下，認爲兩者是方言的關係。從下文可知，-ng > -n 的變化可普遍發生於四種元音之前，並非以-i-元音爲演變條件。

編號	注章訓字	上古韻部	音注	中古聲母	中古韻目	中古等第	中古開合	中古擬音	中古聲調
6-1	膈	侯	五回	疑	灰	一	合	nguậi	平
			五公	疑	東	一	合	ngung	平

　　「膈」東韻一讀來自東部-ung，灰韻一讀可能來自之部，亦可能來自微部。聲符屬侯部，只能確認東韻一讀與東部的關係，沒有辦法判斷灰韻一讀的來源。之部與微部韻母分別是-əg 與-əd。此兩讀應原爲對轉關係，即灰韻一讀原爲-ug 韻母，與東韻一讀的-ung 對轉。灰韻一讀後來經過-u > -ə 的演變（詳§6.3.2.），此讀若爲微部，則可能發生-g > -d 的音變。

　　龔煌城在-ing > -in 與-ik > -it 與-ig > -id 的方言演變後，由漢語內部同源詞提出元音爲-u 的平行演變（Gong 1976：85-91）。其同源異形詞舉幾例如下（龔煌城 2011b：258）：

官　　*kuân < *kwang < *kung　　'official, officer'

工　　*kung　　'work; artisan; officer'

款　　*khuanx < *khwangx < *khungx　　'empty; <u>to knock</u>'

叩　　*khugx　　'strike; attack'

扣　　*khugs　　'strike'

敂　　*khugx　　'beat'

款　　*khuanx < *khwangx < *khungx　　'<u>empty</u>; to knock'

窾　　*khuanx < *khwangx < *khungx　　'hole, opening'

孔　　*khungx　　'empty'

空　　*khung　　'hollow, empty, hole'

口　　*khugx　　'mouth'

　　以上諸例皆是侯東部-ung 與元部合口-uan 的轉換，龔煌城（Gong 1976：85-91）原本認爲先發生韻尾-ng > -n 的方言演變，再發生元音裂化-un > -uan 的演變。但後來（龔煌城 2011b：258）認爲先發生元音裂化-ung > -wang，再發生-ng > -n 的方言演變。後面一種看法無法解釋元音爲何裂化，但前一種看法可認爲是不合系統的-un 受系統調整爲系統中存在的-uan。因爲同源異形詞存在文

部-un > -ən 與元部合口銳音聲母-uan 的轉換（詳§6.4.2.），採用前一種看法會比較好解釋。從-ung 演變至元部-uan 的途中，經過-un 的中間階段，此階段在部分同源異形詞中的反映即為文部-un > -ən 的讀法。反映此音變的漢藏同源詞有（龔煌城 2011b：257）：

上古漢語　短	*tungx > *twangx > *tuanx	'short'
古藏語	thung-ba	'short'
古緬甸語	tâung < *tûng	'short, as a garment'
	tui（=tuw） < *tug	'short'

其中上古漢語如採用第一種看法，應改寫為*tungx > *tunx > *tuanx。古藏語的-ung 與古緬甸語的-aung 規則對應於古漢語的東部，此處卻對應元部合口的*tuan，顯示上古漢語內部發生由-ung > -un > -uan 的方言演變。

「膭」的同義異讀，有可能即反映與-ung > -un > -uan 平行的-ug > -ud > -uad 演變。如完成音變，則成為侯元對轉、東元旁轉的現象。-ug 演變至-uad 的途中，經過-ud 的中間階段，此階段在部分同源異形詞中的反映即為微部-ud > -əd 的讀法。這可能是-ud > -əd 與-ud > -uad 兩條音變競爭造成-ug > -ud > -uad 音變中斷所致。

不同於-i 元音的例子遍及陰、陽、入三種韻尾，龔煌城-u 元音的例子只有-ung > -un > -uan 一種韻尾演變。但從系統性的考量，可推測其他兩種韻尾很可能有相同的表現。「膭」例可以更強化既有規律的解釋力。

龔煌城（Gong 1976：91-93）根據「存（文部）／在（之部）」等漢語內部同源詞，為-ə 元音構擬了與-i 元音、-u 元音平行的-g、-k、-ng > -d、-t、-n 方言變化。同源異形詞只能顯示-əg、-ək、-əng 韻部與-əd、-ət、-ən 韻部，在發生某一音變前，或發生某一音變後，可有相同的一讀，但無法顯示來自什麼音變。目前也沒有相關的漢藏同源詞。雖然如此，-g、-k、-ng > -d、-t、-n 的方言演變在-i 元音、-u 元音之後都有漢藏同源詞的支持，因此主要元音-ə 之後的-g、-k、-ng > -d、-t、-n，從系統性考量應是平行的演變。

編號	注章訓字	上古韻部	音注	中古聲母	中古韻目	中古等第	中古開合	中古擬音	中古聲調
30-5	蘆	魚	才河	從	歌	一	開	dzâ	平
			采苦	清	姥	一	合	tshuo	上

「蘆」例的兩讀，是歌部-ad 與魚部-ag 的轉換。在-a 元音後舌尖音韻尾、舌根音韻尾之間的轉換，龔煌城、金慶淑皆未提及，最早提及的應是羅仁地（LaPolla 1994：140-141）：

魚　部	陽　部	歌　部	元　部	語　義
吾	卬	我		"1sg pronoun"
語			言	"language, speech"
汙迂譮		委		"bent"
格		架		"（clothes） rack"
額			顏	"forehead"

這幾組同源詞，左邊是魚、陽部，右邊則是歌、元部。李妍周（1995：115-116）也提出魚、陽部與歌、祭、元部之間的轉換。

同源異形詞只能顯示-ag、-ak、-ang 韻部與-ad、-at、-an 韻部，在發生某一音變前，或發生某一音變後，可有相同的一讀，但無法顯示什麼演變造成此現象。目前也沒有相關的漢藏同源詞。這與-əg、-ək、-əng > -əd、-ət、-ən 的演變類似。因-g、-k、-ng > -d、-t、-n 的方言演變在-i 元音、-u 元音之後都有漢藏同源詞的支持，因此主要元音-a 之後的-g、-k、-ng > -d、-t、-n，從系統性考量也應是平行的演變。「舌根音韻尾 ＞ 舌尖音韻尾」的演變類型，由此可推廣至上古漢語所有的四個元音，大大強化既有規律的解釋力。

7.4.2. 上古漢語唇音韻尾、圓唇舌根音韻尾之間的轉換

編號	注章訓字	上古韻部	音注	中古聲母	中古韻目	中古等第	中古開合	中古擬音	中古聲調
29-13	嗽	幽	子六	精	屋	三	合	tsjuk	入
			子合	精	合	一	開	tsập	入

「嗽」的兩讀，「子六」爲幽部入聲-əkw 的反映，「子合」爲緝部-əp 的反映。龔煌城（Gong 1976：69-76）根據漢語內部同源詞中，幽部陰聲與緝、侵部的轉換關係，爲部分幽部字構擬前上古的韻母*-əb。同源詞如下（龔煌城 2011b：99-100）：

蹋	*dap	trample, kick
踏	*thəp	trample, kick
蹈	*dəbs > *dəgws	tread, trample
集	*dzjəp	collect, assemble
輯	*dzjəp	bring together
撏	*dzjəb > *dzjəgw	collect
遒	*dzjəb > *dzjəgw	collect
急	*kjəp	haste
絿	*gjəb	haste
吸	*xjəp	inhale
嗅	*xjəbs > *xjəgws	inhale, to smell
談	*dam	speak
譚	*dəm	speak
道	*dəbx > *dəgwx	speak
尢	*ləm	walk
猶	*ləb > *ləgw	go along
荏	*njəmx	soft
柔	*njəb > *njəgw	flexible, soft, mild

龔煌城根據這些原本有對轉關係的同源詞，認為部分上古的幽部字，在前上古時是-b 韻尾字。因發生了-b > -gw 的全面性演變，才形成系統的空缺，無-əb。龍宇純亦舉了下列幽部與緝侵部之間的同源詞（龍宇純 2002：379）：

幽部陰聲與緝侵部：

就 / 集

收 / 拾

椒／莍／鐵

導服／襌服

幽部入聲與侵部：

戚／慘

此外，歑、嚃的又音正與《經典釋文》的異讀平行（龍宇純 2002：379，斜線左方爲幽部入聲，斜線右方爲緝部）：

歑（子六）／歑（子答）

嚃（子六）／嚃（作合）

此二例與「嗽」的兩讀同是幽部入聲與緝部的轉換，「戚／慘」一例爲幽部入聲與侵部的轉換。以上顯示除了龔煌城所舉-b ＞ -gw 的全面性演變，可能也有與之平行的-p ＞ -kw 局部性演變。因爲-b ＞ -gw 是全面性演變，亦即所有-b 韻尾皆消失，-b 至上古已成爲空檔，故我們能確定-b 爲演變的起點。-p ＞ -kw 爲局部性演變，因-p 韻尾至上古仍存在，-p 與-kw 的轉換本身無法確認何者爲演變的起點。由於此同源異形詞反映的轉換現象與已知演變起點的轉換平行，可能演變的起點與方向也平行。因爲有平行的全面性演變-b ＞ -gw，才能推測此局部性演變也應以-p 爲起點。

7.4.3. 上古漢語圓唇舌根音韻尾、舌根音韻尾之間的轉換

編號	注章訓字	上古韻部	音注	中古聲母	中古韻目	中古等第	中古開合	中古擬音	中古聲調
19-1	濡	侯	而又	日	宥	三	開	ȵzjǒu	去
			而于	日	虞	三	合	ȵzju	平
29-50	罦	幽	浮	並	尤	三	開	bjǒu	平
			孚	滂	虞	三	合	phju	平
29-78	陬	侯	側留	莊	宥	三	開	tʂjǒu	去
			子侯	精	侯	一	開	tsǒu	平

「濡」、「罦」、「陬」諸例兩讀之間，爲幽部-əgw 與侯部-ug 之間的轉換。漢藏比較顯示，原始漢藏語的元音-ə 演變至原始藏緬語，在圓唇舌根音韻尾前，變爲元音-u（龔煌城 2011b：239）。此三例元音應發生同類型的-ə ＞ -u／__Kw 方言演變（詳§6.3.2.）。

原始漢藏語的圓唇舌根音韻尾，演變至原始藏緬語，成爲不圓唇的舌根音韻尾（龔煌城 2011b：233-236）。與主要元音的演變合看即是-əKw > -uK。此諸例是幽部-əgw 與侯部-ug 之間的轉換，正是-əKw 與-uK 的轉換關係，與原始藏緬語的演變相同。由漢藏語的角度看，上古漢語如發生-Kw > -K 的演變，則與原始藏緬語有相同的演變類型。親屬語言的全面性演變，在漢語內部則可能是方言演變。

另一方面，原始漢藏語的-uKw，演變入古漢語的-uK，漢藏同源詞已見§6.4.2.。在古藏語和古緬甸語，元音-u 受圓唇舌根音韻尾影響裂化爲-ua，圓唇舌根音韻尾變爲不圓唇韻尾。古藏語的-ua 又進一步變爲-o。上古漢語則元音並未發生演變，僅圓唇舌根音韻尾變爲不圓唇韻尾，進入侯、東部。

因此，部分詞發生-ə > -u / __Kw 的演變後，由幽部-əKw 變爲-uKw。接下來發生-uKw > -uK 的演變，也正是原始漢藏語的-uKw 在古漢語的全面性演變。因此，雖然 Kw > -K 的方言演變應該存在，- əKw > -uK 演變的韻尾部分也可認爲是和全面性演變合流，不一定得認爲是方言演變。

7.4.4. 上古漢語唇音韻尾、舌根音韻尾之間的轉換

編號	注章訓字	上古韻部	音注	中古聲母	中古韻目	中古等第	中古開合	中古擬音	中古聲調
13-1	屍	葉	羌據	溪	御	三	開	khjwo	去
			公沓	見	合	一	開	kâp	入

「屍」的兩讀，「羌據」爲魚部-ag 的反映，「公沓」爲緝部-əp 的反映。主要元音發生-ə > -a 的演變（詳§6.2.），韻尾是-g 與-p 的轉換。兩讀原本當是對轉關係，即-b 與-p 的轉換。要解釋此例，當看魚部與葉部的關係。馮蒸認爲隸定後寫爲「去」的聲符，原本有兩個不同的字，以此解釋魚部與葉部的諧聲關係（馮蒸 2006：215，聲首即本文聲符）：

原 始 聲 首	派 生 聲 首	被 諧 字
凵1 （去魚切。凵盧，飯器）	去1 （《說文》丘據切）	筼柠祛鮭阹（去魚切） 去麮（丘據切）
凵2 （口犯切。張口也）	去2 （《說文》無）	怯狧胠（去劫切） 屍（口盍切） 劫鈛（居怯切）

　　去 1 是魚部字，去 2 是葉部字，貌似魚部與葉部的諧聲關係成了本部互諧（馮蒸 2006：211-218）。此說在解釋沒有同源異形詞的諧聲關係中，應是正確的。但用來解釋同義異讀，恐怕並不可行。以此說解釋同義異讀，即是假設「其中一讀並非傳承自原始語，而是在兩個聲符混同之後，使用者因爲受字形影響，有邊念邊『讀錯』而產生的音」。龍宇純曾列舉以下幾組魚部與葉部的同源詞（2002：379）：

　　　　來去之去／抾

　　　　畏怯之「去」／怯

　　　　胠（去魚、丘據）／胠（去劫）

　　　　華／曄

　　　　因有同源詞，本文贊成龍宇純說，認爲「屈」的兩讀並非形近而誤。兩讀都來自原始語，因爲發生局部性音變才有兩讀。

　　我們雖然知道當中存在演變，卻不容易確定演變過程。第一種可能是：先發生 -b ＞ -gw 的全面性演變（詳§7.4.2.），再發生 -Kw ＞ -K 的局部性演變（詳§7.4.3.）。第二種可能則是：另外有 -P ＞ -K 的局部性演變（P 表示唇音）。金慶淑認爲（1993：179）：

　　　　音變方向似乎唇音韻尾變爲舌根音韻尾。然韻尾的性質本是容易發
　　　　生同化現象。除非能找到音變發生的環境，否則實在很難推知其最
　　　　早音讀，故本文對此不加以擬音。

　　梅廣（1994：16）則指出，唇音韻尾的演變可能不只一次：

　　　　這些跡象顯示我們所熟悉的上古音系統很可能是反映經過多次（或
　　　　長時期）唇音韻尾字大遷移後的局面。相當數量的唇音韻尾字因爲
　　　　失落了唇音韻尾而離開了原屬的韻部，或形成新的韻部，或轉到別
　　　　的韻部裡去。從以後的發展趨勢來看，這個假設也是合理的。

　　由此，此音變可能是 -b ＞ -gw ＞ -g，或者 -b ＞ -g。如果是後者，則和前者 -b ＞ -gw ＞ -g 應是發生於不同時、地的演變類型；否則兩條規律會相混。

第八章　結　論

8.1.　本文所討論同源異形詞反映的局部性音變

　　《經典釋文》「二反」、「三反」、「二音」、「三音」字，因多是同義異讀，故多是同源異形詞。本文遵循同源異形詞的性質，認為同源異形詞的至少兩個形式，來自相同的原始形式，並以局部性音變解釋至少兩個形式之間的差異（詳§1.3.1.）。經由本文的討論，《經典釋文》「二反」、「三反」、「二音」、「三音」字，可能反映如下局部性音變：

一、聲母的發聲

　1. 濁塞音、塞擦音 > 不送氣清塞音、塞擦音（詳§3.4.）

　2. 不送氣清塞音、塞擦音 > 濁塞音、塞擦音／m-或'-＿（詳§3.4.）

　3. 濁塞音、塞擦音 > 送氣清塞音、塞擦音（詳§3.5.）

　4. 送氣清塞音、塞擦音 > 濁塞音、塞擦音／m-或'-＿（詳§3.5.）

　5. 不送氣清塞音、塞擦音 > 送氣清塞音、塞擦音（詳§3.6.）

　6. 前置輔音 s-尚未影響聲母即脫落造成部分 5.的演變中斷（詳§3.6.）

二、聲母的調音

調音方式的演變：

　7. 塞音 > 塞擦音（詳§4.2.1.）

8. 塞擦音 ＞ 塞音（詳§4.2.1.）

9. 塞擦音 ＞ 擦音（詳§4.2.2.）

10. 擦音 ＞ 塞擦音（詳§4.2.2.）

11. 塞音 ＞ h-（詳§4.3.）

12. 鼻音 ＞ 濁塞音（詳§4.4.）

第二調音部位的演變：

13. Kw- ＞ K-（詳§4.5.）

前後成分影響聲母的演變：

14. 前置輔音 s-使聲母ʔ-類化爲 k-（詳§4.6.1.）

15. 前置輔音吞沒聲母（詳§4.6.2.-§4.6.3.、§4.4.）

16. 介音-j-消失影響聲母的演變（詳§4.7.）

三、介 音

17. -r- ＞ -Ø-（詳§5.2.）

18. -j- ＞ -Ø-（詳§5.3.）

19. -Ø- ＞ -j-（詳§5.3.）

20. -i- ＞ -Ø-（詳§5.4.）

21. -l- ＞ -r-（詳§5.5.）

22. -r- ＞ -i-（詳§5.6.）

四、主要元音

23. -ə ＞ -a（詳§6.2.）

24. -i ＞ -ə（詳§6.3.1.）

25. -u ＞ -ə（詳§6.3.2.）

26. -i ＞ -ia ＞ -a（詳§6.4.1.）

27. -i ＞ -ai ＞ -a（詳§6.4.1.）

28. -uT ＞ -uaT（詳§6.4.2.）

五、韻 尾

調音方式的演變：

29. 塞音韻尾↔鼻音韻尾（詳§7.2.）

30. r 或-l > -n（詳§7.3.）

調音部位的演變：

31. 舌根音韻尾 > 舌尖音韻尾（詳§7.4.1.）

32. 唇音韻尾 > 圓唇舌根音韻尾（詳§7.4.2.）

33. 圓唇舌根音韻尾 > 舌根音韻尾（詳§7.4.3.）

34. 唇音韻尾 > 舌根音韻尾（詳§7.4.4.）

本文依據三項主要的解釋原則：「能同時解釋四類轉換（『古漢語內部的轉換』、『藏緬語內部的轉換』、『漢藏語之間的規則對應』、『漢藏語之間不太規則的對應』）中愈多類的說法愈優先」、「能同時解釋愈多音變的說法次優先」、「音變類型愈普遍的說法又次優先」（§1.3.2.）。

8.2. 與第一原則相關的演變類型

六、「藏緬語內部的轉換」與「古漢語內部的轉換」相關的音變

在原始藏緬語內部有同類型的轉換：

1. 濁塞音、塞擦音 > 不送氣清塞音、塞擦音（詳§3.4.）

2. 不送氣清塞音、塞擦音 > 濁塞音、塞擦音 / m-或'-＿＿（詳§3.4.）

3. 濁塞音、塞擦音 > 送氣清塞音、塞擦音（詳§3.5.）

4. 送氣清塞音、塞擦音 > 濁塞音、塞擦音 / m-或'-＿＿（詳§3.5.）

7. 塞音 > 塞擦音（詳§4.2.1.）

8. 塞擦音 > 塞音（詳§4.2.1.）

9. 塞擦音 > 擦音（詳§4.2.2.）

10. 擦音 > 塞擦音（詳§4.2.2.）

11. 塞音 > h-（詳§4.3.）

15. 前置輔音吞沒聲母（詳§4.6.2.-§4.6.3.、§4.4.）

26. -i > -ia > -a（詳§6.4.1.）

29. 塞音韻尾↔鼻音韻尾（詳§7.2.）

在古藏語內部有同類型的轉換：

5. 不送氣清塞音、塞擦音 > 送氣清塞音、塞擦音（詳§3.6.）

10. 擦音 ＞ 塞擦音（詳§4.2.2.）

19. -Ø- ＞ -j-（詳§5.3.）

在西夏語有同類型的轉換：

19. -Ø- ＞ -j-（詳§5.3.）

七、「漢藏語之間的規則對應」與「古漢語內部的轉換」相關的音變

原始漢藏語演變入原始彝緬語的全面性音變：

6. 前置輔音 s-尙未影響聲母即脫落造成部分 5.的演變中斷（詳§3.6.）

原始漢藏語演變入古藏語、古緬甸語等許多藏緬語的全面性音變：

13. Kw- ＞ K-（詳§4.5.）

16. 介音-j-消失影響聲母的演變（詳§4.7.）

18. -j- ＞ -Ø-（詳§5.3.）

23. -ə ＞ -a（詳§6.2.）

33. 圓唇舌根音韻尾 ＞ 舌根音韻尾（詳§7.4.3.）

原始漢藏語演變入西夏語的全面性音變：

17. -r- ＞ -Ø-（詳§5.2.）

22. -r- ＞ -i-（詳§5.6.）

原始漢藏語演變入原始白語的全面性音變：

21. -l- ＞ -r-（詳§5.5.）

原始漢藏語演變入上古漢語的全面性音變：

24. -i ＞ -ə（詳§6.3.1.）

25. -u ＞ -ə（詳§6.3.2.）

32. 唇音韻尾 ＞ 圓唇舌根音韻尾（詳§7.4.2.）

原始漢藏語演變入古緬甸語的全面性音變：

27. -i ＞ -ai ＞ -a（詳§6.4.1.）

八、「漢藏語之間不太規則的對應」與「古漢語內部的轉換」相關的音變

11. 塞音 ＞ h-（詳§4.3.）

29. 塞音韻尾↔鼻音韻尾（詳§7.2.）

30. -r 或-l > -n（詳§7.3.）

31. 舌根音韻尾 > 舌尖音韻尾（詳§7.4.1.）

除了第 12、20、28、34 項，其他 30 項都有第一解釋原則的支持，發生此音變的可能性高。

8.3. 與第二原則相關的演變類型

九、以下都屬於弱化的演變類型

7. 塞音 > 塞擦音（詳§4.2.1.）

9. 塞擦音 > 擦音（詳§4.2.2.）

十、以下都屬於強化的演變類型

8. 塞擦音 > 塞音（詳§4.2.1.）

10. 擦音 > 塞擦音（詳§4.2.2.）

十一、以下都是介音丟失的演變類型

17. -r- > -Ø-（詳§5.2.）

18. -j- > -Ø-（詳§5.3.）

20. -i- > -Ø-（詳§5.4.）

十二、以下都是元音低化的演變類型

23. -ə > -a（詳§6.2.）

24. -i > -ə（詳§6.3.1.）

25. -u > -ə（詳§6.3.2.）

26. -i > -ia > -a（詳§6.4.1.）

28. -uT > -uaT（詳§6.4.2.）

十三、在四個元音都發生同類型的演變

31. 舌根音韻尾 > 舌尖音韻尾（詳§7.4.1.）

本節以上幾項都有第二解釋原則的支持。其中第 20、28 兩項，雖無第一解釋原則的支持，因為有第二解釋原則的支持，發生此音變的可能性仍高。

8.4. 與第三原則相關的演變類型

十二、符合第一、二原則，以第三原則定優劣的例子

7. 塞音 ＞ 塞擦音（詳§4.2.1.）

8. 塞擦音 ＞ 塞音（詳§4.2.1.）

9. 塞擦音 ＞ 擦音（詳§4.2.2.）

10. 擦音 ＞ 塞擦音（詳§4.2.2.）

第 7、8、9、10 四項，皆符合第一、第二解釋原則。第 7、9 項屬於弱化的演變類型，第 8、10 項屬於強化的演變類型。因爲弱化的演變在類型上較普遍，第 7、9 項發生的可能性較第 8、10 項略高。

十三、第三原則與第二原則衝突的例子

23. -ə ＞ -a（詳§6.2.）

24. -i ＞ -ə（詳§6.3.1.）

25. -u ＞ -ə（詳§6.3.2.）

26. -i ＞ -ia ＞ -a（詳§6.4.1.）

27. -i ＞ -ai ＞ -a（詳§6.4.1.）

28. -uT ＞ -uaT（詳§6.4.2.）

第 27 項屬於元音高化的演變類型，元音高化在類型上比元音低化普遍，符合第三解釋原則。第 23、24、25、26、28 都是元音低化的演變類型，雖然不符合第三解釋原則，但符合第二解釋原則。所以第 26 項的解釋比第 27 項略好。

8.5. 後記與未來研究展望

金慶淑（1993）首先將「古漢語同源異形詞的轉換」與「漢藏語之間的規則對應」一起討論。但是，一般來說「轉換」屬於內部構擬，「規則對應」屬於比較方法。本文依據馬蒂索夫（Matisoff 1978：16-21）的看法，將「轉換」的定義擴大，包括個別子語言內部原生的轉換、個別子語言內部次發的轉換、子語言之間原生的轉換、子語言之間次發的轉換。「規則對應」成了「轉換」的一種（子語言之間次發的轉換）（詳§1.2.）。「轉換」與「規則對應」原本內、外的分別不復存在。因此，理論上「個別子語言同源異形詞的轉換」，得以取得與「子語言之間的規則對應」同等的地位。因爲兩者是同一現象在個別子語言內、外

的表現，兩者因此能夠互相解釋。古漢語同源異形詞的研究，也因此才能成為漢藏語研究的一部分。

　　本文即秉持此態度，將「轉換」以及「規則對應」視為一體的兩面，希望提出的說法能夠同時解釋「轉換」以及「規則對應」。《經典釋文》「二反」、「三反」、「二音」、「三音」字只是古漢語同源異形詞的一小部分，本文亦只是此視角的初步嘗試。古漢語同源異形詞的研究，離不開原始漢藏語，自不待言。也希望往後的漢藏語研究，能夠在藏緬語之外，多多注意古漢語的同源異形詞。因為此視角，古漢語同源異形詞的研究在原始漢藏語的構擬中也能有一席之地。

　　本文的討論皆建立在目前已知的原始漢藏語系統上，隨著原始漢藏語構擬的修正，此說法亦可能修正。本文將討論對象限定在應該不別義的同源異形詞，亦儘量去除構詞法的成分。本文暫時只討論音韻現象，構詞法暫不討論，絕非不應該討論。構詞法在比較語言學有著重要的地位，如果能在漢藏語音韻對應之外，也有漢藏語構詞法的對應，則對原始漢藏語的構擬無疑有利而無害。本文討論的同源異形詞，也無法完全排除因為語義模糊而無法分辨的構詞法。日後，隨著藏緬語研究的進展，《經典釋文》「二反」、「三反」、「二音」、「三音」字以及更多的又音、又反，都可能為原始漢藏語構詞法的構擬盡一份力。

參考文獻

一、古　籍（包括後人注釋、詁林、輯佚、校勘、評點等相關著作）

1. 朱祖延主編，1996，《爾雅詁林》。武漢市：湖北教育出版社。

2. 王書輝，2006，《兩晉南北朝《爾雅》著述佚籍輯考》。臺北縣永和市：花木蘭文化。

3. 丁福保編，2006，《說文解字詁林》。昆明市：雲南人民出版社。

4. 任大椿，1968，《字林考逸》。臺北市：藝文印書館。

5. 空海，2008，《篆隸萬象名義》。重慶市：西南師範大學出版社。

6. 陸德明，1985，《經典釋文》。上海市：上海古籍社出版。

7. 陸德明撰；盧文弨校，1980，《（抱經堂本）經典釋文》。臺北：漢京。

8. 徐乾學輯；納蘭成德校訂，1985，《索引本通志堂經解》。臺北市：漢京。

9. 法偉堂著；邵榮芬編校，2010，《法偉堂經典釋文校記遺稿》。上海：華東師範大學出版社。

10. 趙少咸，2010，〈趙少咸手批經典釋文法氏校語錄〉，《法偉堂經典釋文校記遺稿》881～893。上海：華東師範大學出版社。

11. 吳承仕，1984，《經典釋文序錄疏證》。北京：中華書局。

12. 黃焯，2006，《經典釋文彙校》。北京：中華書局。

13. 鄧仕樑、黃坤堯，1988，《新校索引經典釋文》。臺北市：學海。

14. 張金泉、許建平，1996，《敦煌音義匯考》。杭州市：杭州大學。

15. 余迺永校注，2010，《新校互註宋本廣韻：定稿本》。臺北市：里仁書局。

16. 丁度等編，1985，《集韻》。上海：上海古籍出版社。

二、今人論著

1. 向柏林、陳珍，2007，〈茶堡話的不及物前綴及相關問題〉，《語言暨語言學》8.4：883-912。

2. 朱曉農，2008，《音韻研究》。北京：商務印書館。

3. 朱曉農，2012，《音法演化——發聲活動》。北京：商務印書館。

4. 李方桂，1971，〈上古音研究〉，《清華學報》新 9.1-2:1-61。（收錄於李方桂，2012，《李方桂全集 I：漢藏語論文集》106-163）

5. 李方桂 1976，〈幾個上古聲母問題〉，《總統蔣公逝世週年紀念論文集》1143-1150。臺北：中央研究院。（收錄於李方桂，2012，《李方桂全集 I：漢藏語論文集》173-180）

6. 李方桂，2012，《李方桂全集 I：漢藏語論文集》。北京：清華大學出版社。

7. 李榮，1956，《切韻音系》。北京：科學出版社。

8. 李妍周，1995，《漢語同源詞音韻研究》。臺北：國立臺灣大學中文研究所博士論文。

9. 李正芬，2001，《〈莊子音義〉研究》。香港：香港中文大學博士論文。

10. 李存智，2010，《上博楚簡通假字音韻研究》。臺北市：萬卷樓。

11. 李存智，2011，〈漢語語音史中的擦音聲母〉，《臺大中文學報》34：395-466。

12. 沈兼士編，2006，《廣韻聲系》。北京：中華書局。

13. 河野六郎，1979，《河野六郎著作集》。東京：平凡社。

14. 金慶淑，1993，《廣韻又音字與上古方音之研究》。臺北：國立臺灣大學中文研究所博士論文。

15. 林靜怡，2011，《《說文解字》諧聲字音韻研究》。臺北：臺北市立教育大學中國語文學系碩士論文。

16. 徐芳敏，1991，《閩南廈漳泉次方言白話層韻母系統與上古音韻部關係之研究》。臺北：國立臺灣大學中文研究所博士論文。

17. 梅廣，1994，〈訓詁資料所見到的幾個音韻現象〉，《清華學報》新 24.1：1-43。

18. 陸志韋，1999，《陸志韋語言學著作集（2）》。北京：中華書局。

19. 張亞蓉，2011，《《說文解字》的諧聲關係與上古音》。西安市：三秦。

20. 張雙慶、李如龍，1992，〈閩粵方言的「陽入對轉」派生詞〉，《中國語文研究》10：119-128。

21. 曹逢甫、陳彥伶，2012，〈《彙音妙悟》裡的小稱音變〉，《語言暨語言學》13.2：221-246。

22. 陳復華、何九盈，1987，《古韻通曉》。北京：中國社會科學出版社。

23. 黃華珍，2011，《日本奈良興福寺藏兩種古鈔本研究》。北京：中華書局。

24. 曾曉渝，2007，〈論次清聲母在漢語上古音系裡的音類地位〉，《中國語文》2007年第 1 期：23-34。

25. 曾曉渝，2009，〈後漢三國梵漢對音所反映的次清聲母問題——再論次清聲母在漢語上古音系裡的音類地位〉，《中國語文》2009 年第 4 期：333-345。

26. 馮蒸，2006，《馮蒸音韻論集》。北京市：學苑出版社。

27. 董同龢，1967，《上古音韻表稿》。臺北：中央研究院歷史語言研究所。

28. 萬獻初，2004，《經典釋文音切類目研究》。北京：商務印書館。

29. 萬獻初，2012，《漢語音義學論稿》。北京：中國社會科學出版社。

30. 虞萬里，2012，《榆枋齋學林》。上海：華東師範大學出版社。

31. 趙彤，2006，《戰國楚方言音系》。北京市：中國戲劇。

32. 熊正輝，1982，〈南昌方言裡曾攝三等讀如一等的字〉，《方言》1982 年第 3 期：164-168。

33. 鄭張尚芳，2012，《鄭張尚芳語言學論文集》。北京：中華書局。

34. 龍宇純，2002，《中上古漢語音韻論文集》。臺北市：五四書店。

35. 謝留文，2000，〈漢語南方方言幾個常用詞的來歷〉，《方言》2000 年第 4 期：313-316。

36. 簡啓賢，2003，《《字林》音注研究》。成都：巴蜀書社。

37. 羅常培，1939，〈段玉裁校本經典釋文跋〉，《圖書季刊》新 1.2：139-147。

38. 羅常培、周祖謨，2007，《漢魏晉南北朝韻部演變研究》。北京市：中華書局。

39. 龔煌城 1992，〈從語言學的觀點談研究中國邊疆的理論與方法〉，收入林顯恩編《中國邊疆研究理論與方法：中國少數民族研究理論的方式》。臺北市：渤海堂，頁 403-437。

40. 龔煌城，2004，北京大學授課講義。

41. 龔煌城，2005，臺灣大學授課講義。

42. 龔煌城，2011a，《龔煌城西夏語文研究論文集》。臺北市：中央研究院語言學研究所。

43. 龔煌城，2011b，《龔煌城漢藏語比較研究論文集》。臺北市：中央研究院語言學研究所。

44. **Benedict, Paul K.** 1972. *Sino-Tibetan: A Conspectus*. Cambridge: Cambridge University Press.

45. **Benedict, Paul K.** 1976a. Rhyming dictionary of Written Burmese, *Linguistics of the Tibeto-Burman Area*, 3.1: 1-93.

46. **Benedict, Paul K.** 1976b. Sino-Tibetan: another look. *Journal of the American Oriental Society*, 96.2: 167-197.

47. **Bodman, N. C.** 1980. Proto-Chinese and Sino-Tibetan: Data towards establishing the nature of the relationship. *Contributions to Historical Linguistics: Issues and Materials*, ed. by Frans van Coetsem & Linda R. Waugh, 34-199. Leiden: E. J. Brill.

48. **Coblin, W. South.** 1986. *A Sinologist's Handlist of Sino-Tibetan: Lexical Comparison*. Nettetal: Steyer Verlag.

49. **Dempsey, Jacob.** 2005. Tonogenesis in Yipo-Burmic Syllables, *Tsing Hua Journal of Chinese Studies*, New Series Vol. 35 No. 2, pp. 405-434.

50. **Dempsey, Jacob.** 2009. Initial s-Actuated Register Shift in Yipoic Languages, *Tsing Hua Journal of Chinese Studies*, New Series Vol. 39 No. 2, pp. 165-179.

51. **Edkins, Joseph.** 1874. The state of the Chinese language at the time of the invention of writing. *Transaction of the 2nd International Congress of Oiental*, Londen.

52. **Fox, Anthony.** 1995. *Linguistic reconstruction: an introduction to theory and method.* New York: Oxford University Press.

53. **Gong, Hwang-cherng**, 1976. *Die Rekonstruktion des Altchinesischen unter Berücksichtigung von Wortverwandtschaften*, Inaugural-Dissertation zur Erlangung des Doktorgrades der Philosophischen Fakultät der Ludwig-Maximilians-Universität zu München.

54. **Hill, Nathan W.** 2009. Tibetan <□-> as a plain initial and its place in Old Tibetan phonology. *Linguistics of the Tibeto-Burman Area* 32.1:115-140.

55. **Hill, Nathan W.** 2013. Relative ordering of Tibetan sound changes affecting laterals, *Language and Linguistics*, 14.1:193-209.

56. **Jacques, Guillaume.** 2004. *The laterals in Tibetan.* Paper presented at the 10th Himalayan Languages Symposium, December 1-3, 2004. Thimphu, Bhutan.

57. **Jespersen, Otto.** 1954. *A Modern English Grammer on Historical Principals. Part I: Sounds and Spellings.* London: George Allen & Unwin.

58. **de Jong , Jan Willem.** 1973. Tibetan blag-pa and blags-pa. *Bulletin of the School of Oriental and African Studies* 36.2: 309-312. Reprinted in *Tibetan Studies. Indica et Tibeta 25. Swistal-Odendorf: Indica et Tibetica Verlag*: 182-186.

59. **Ladefoged, Peter.** 1971. *Preliminaries to linguistic phonetics*, Chicago: University of Chicago Press.

60. **LaPolla, Randy J.** 1994. Variable Finals in Proto-Sino-Tibetan, *Bulletin of the Institute of History and Philology* 65.1:131-173.

61. **LaPolla, Randy J.** 2003. An overview of Sino-Tibetan morphosyntax, *The Sino-Tibetan Languages*, ed. by Graham Thurgood & Randy J. LaPolla 22-42. London & New York: Routledge, Jan. 2003.

62. **Lass, Roger.** 1984. *Phonology: an introduction to basic concepts*, Cambridge; New York: Cambridge University Press.

63. **Li, Fang-kuei.** 1933. Certain phonetic influences of the Tibetan prefixes upon the root initials. *Bulletin of the Institute of History and Philology Academia Sinica* 4.2: 135-157. （收錄於李方桂. 2012. 《李方桂全集 I：漢藏語論文集》267-292）

64. **Maddieson, Ian.** 1984. *Patterns of sounds*, New York: Cambridge University Press.

65. **Matisoff, James A.** 1972. *The Loloish Tonal Split Revisited.* Berkeley: University of California, Center for South and Southeast Asian Studies. （漢譯本：馬蒂索夫原著，

林英津編譯. 2002.《再論彝語支的聲調衍變》。臺北市：中研院語言所籌備處。）

66. **Matisoff, James A.** 1978. *Variational semantics in Tibeto-Burman: the "organic" approach to linguistic comparison*, Institute for the Study of Human Issues, Philadelphia.

67. **Matisoff, James A.** 2003. *Handbook of Proto-Tibeto-Burman : system and philosophy of Sino-Tibetan reconstruction*, Berkeley : University of California Press.

68. **Ohala, J. J.** 1989. Sound change is drawn from a pool of synchronic variation. L. E. Breivik & E. H. Jahr （eds.）, *Language Change: Contributions to the study of its causes*. [Series: Trends in Linguistics, Studies and Monographs No. 43]. Berlin: Mouton de Gruyter. 173-198.

69. **Pulleyblank. Edwin G.** 1963. An interpretation of the vowel systems of Old Chinese and of Written Burmese. *Asia Majar*, New Series 10.2:200-221.

70. **Pulleyblank. Edwin G.** 1973. Some new hypotheses concerning word families in Chinese, *Journal of Chinese linguistics*, 1.1: 111-125。

71. **Sagart, Laurent.** 1999. *The roots of old Chinese*, Amsterdam ; Philadelphia : John Benjamins Pub. Co.

72. **Wang, Feng.** 2006. *Comparison of Languages in Contact: The Distillation Method and the Case of Bai*, Institute of Linguistics, Academia Sinica.

73. **Wylie, Turrell** 1959.A Standard System of Tibetan Transcription. *Harvard Journal of Asiatic Studies*, p.261-267.

附　錄

表　例

1. 每例左方第一欄爲編號，編號以外分爲上下兩列，上列各欄由左至右分別爲注章訓字、音注、遞修本原文、黃焯校語、法偉堂校語，下列各欄由左至右則是經文篇目名稱以及本文案語。視行文需要，本文案語或引用其他不同版本，或引用《廣韻》、《集韻》，或引用《經典釋文補校》。〔註1〕

2. 編號依《經典釋文》中出現的順序，編號的第一個數字代表所在卷次，第二個數字代表該卷當中注章訓字的順序。

3. 「二反」、「三反」、「二音」、「三音」出現於同一字頭的不同字次，分開編號。

4. 「二反」、「三反」、「二音」、「三音」出現於同一注例的不同注章，分開編號。

5. 經、注原文以14號粗體字表示。

6. 本文以宋元遞修本爲底本。前此諸家校本多以通志堂本爲底本，當諸家校本認爲通志堂本有誤、看法又不一致，本文依照宋元遞修本。當宋元遞修本與通志堂本不同，諸家卻不認爲通志堂本有誤，則依照通志堂本。

〔註1〕因黃坤堯、鄧仕樑《新校索引經典釋文》（1988）本文僅將黃焯《彙校》抄錄於通志堂本上，故不必引用。書後所附黃坤堯《經典釋文補校》若有討論，本文始引用之。

7. 若《經典釋文》反切在《廣韻》或《集韻》有相應的一讀，除非案語必須引用，否則不引用。

8. 《經典釋文》可混切範圍根據萬獻初（2012：171），詳見§2.3.引文。

9. 其餘判斷標準，詳見§2.3.。

編號	注章訓字	音注	遞修本原文	黃焯校語	法偉堂校語
2-1	燥	蘇早先告	**就燥**蘇早、先皂二反。	宋本皂作皁，皁、皂皆後出字，皂又皁之變。本當作草。汲古本作告，與明監本同。	
	周易·乾·九五		案：「皁」、「草」皆與「早」同韻，如作「先皁」或「先草」，將與「蘇早」同音，故從汲古本作「先告」。《廣韻》「告」有號韻、沃韻兩讀。因「燥」在《集韻·号韻》有「先到切」一讀，在《集韻·沃韻》則無「燥」字，故此處「先告」當屬号韻。		
3-1	璣	渠依居沂	**璣**其依反，又音機。馬同。《說文》云：珠不圓也。字書云：小珠也。《玉篇》渠依、居沂二反。	王筠云：玄應引《字林》：璣，小珠也。盧云：渠依，今《玉篇》作渠氣。	《玉篇》八字亦後人增。
	尚書·禹貢		案：「渠依」《篆隸萬象名義》作「渠氣」。「璣」在《集韻·微韻》有「渠希切」一讀，相當於《釋文》引《玉篇》的「渠依」；在《集韻·未韻》有「其既切」一讀，相當於今本《玉篇》、《篆隸萬象名義》的「渠氣」。《集韻》「渠依」、「渠氣」兩讀並存當有所據，故本文仍依《釋文》原文作「渠依」。		
3-2	渾	胡困胡昆	**渾**音魂，又胡困、胡昆二反。		困乃困之誤，胡困不能成切。胡昆即音魂，此七字疑亦後增。
	尚書·禹貢		案：「胡困」通志堂本作「胡困」，今從宋元遞修本。法云「胡昆即魂」不誤，但本文仍引用此二反。		
4-1	比	扶志毗志	**比**徐扶志、毗志二反。	吳云：扶、毗同紐不得爲二音，疑有譌文，無可據正，或陳鄂刪定時扶、毗蓋已分用，誤仍爲二音耳。	比字音誤，且扶志與毗志同，亦不得分爲二讀。當依〈伊訓〉改爲「毗至反，徐扶至反。」

	尚書·牧誓		案：此二反下字屬志韻，因支脂之三者未分是《釋文》音切通例，實際上可能代表至韻，即法校所謂「當依〈伊訓〉改爲毗至反，徐扶至反。」《廣韻》「扶」有幫母、並母兩讀，此處「扶志」可能代表幫母一讀。「扶志」相當於《廣韻·至韻》、《集韻·至韻》的「必至切」；「毗志」相當於《廣韻·至韻》、《集韻·至韻》的「毗至切」。所以此二反可能並非同音反切。		
4-2	華	胡化 胡瓜	**華**胡化、胡瓜二反，華山在恒農。	段云：弘，宋人改作恒。	恒農，〈大禹謨〉作弘農。
	尚書·武成				
5-1	揖	子入 側立	**揖揖**子入、側立二反，會聚也。		
	毛詩·周南·螽斯				
5-2	茁	則劣 側刷	**彼茁**則劣、側刷二反，出也。		
	毛詩·召南·騶虞		案：「側刷」反切下字屬鎋韻，因《釋文》黠鎋的混切是常例，實際上可能代表黠韻。此處「側刷」相當於《廣韻·黠韻》的「鄒滑切」與《集韻·黠韻》的「側滑切」。		
5-3	摧	千隹 子隹	**摧我**徂回反，沮也。或作催，音同。韓《詩》作讙，音千隹、子隹二反，就也。	敦煌本作催。于字誤，盧本改作千。	于乃千之誤。《廣韻》侯部「讙，就也，千侯切。」誤隹爲侯，而千字不誤。
	毛詩·邶風·北門		案：注章訓字爲「讙」。「千隹」通志堂本作「于隹」，今從宋元遞修本。「讙」在《廣韻·侯韻》、《集韻·侯韻》皆有「千侯切」一讀，依法校，《廣韻》、《集韻》全誤。		
5-4	仳	反几 扶罪	**仳**匹指反。徐符鄙反，又敷姊反，別也。《字林》反几、扶罪二反。	宋本及作反，吳云：及爲父之形譌。茲據注疏本正。	匹指即敷姊，一音和，一類隔也。及殆皮之譌。
	毛詩·王風·中谷有蓷		案：「反几」通志堂本作「及几」，今從宋元遞修本。《廣韻》「反」有幫母、滂母兩讀。「反几」若爲幫母一讀，相當於《集韻·旨韻》的「補美切」；若爲滂母一讀，則相當於《集韻·旨韻》的「普鄙切」。此例簡啓賢從注疏本作「父几」，屬於並母。簡啓賢的材料中又無其他字以「反」爲上字，故無法得知「反」屬於《字林》音系的幫母或滂母。故本文幫、滂並存，不作取捨。		

5-5	罬	姜雪 姜穴	罬張劣反。郭、徐姜雪、姜穴二反。《爾雅》云：罬謂之罦。罦，覆車也。		姜雪、姜穴，薛、屑分部也。據此則郭、徐已然。
	毛詩・王風・兔爰				
5-6	潐	呂恬 理染	陳魚檢反。何音檢。《爾雅》云：重甗，陳。郭云：形似累兩重甗，上大下小。李巡云：陳，阪也。《詩》本又作水旁兼者，字書音呂恬、理染二反。《廣雅》云：潐，清也。與此義乖。	宋本、葉鈔皆缺。阮云：簡字並應作檢，此明末避懷宗諱改也，宜改正。考各本附音皆作檢，不誤。	
	毛詩・王風・葛藟		案：據《詩》某版本，注章訓字爲「潐」。		
6-1	腢	五回 五公	右腢本亦作髃，音愚，又五厚反，謂肩前也。《說文》同。郭音偶，謂肩前兩間骨。何休注《公羊》：自左膘射之，達于右腢，中心，死疾，鮮潔也。又五回，五公二反。	古寫本作髃。	
	毛詩・南有嘉魚之什・車攻				
6-2	除	餘 舒	方除直慮反，如字。案：鄭云：四月爲除。若依爾雅，則宜餘、舒二音。		
	毛詩・谷風之什		案：萬獻初（2012：311）認爲此例僅記錄聲訓，並非同義異讀。相關討論詳例 29-79，萬獻初誤，此例仍爲注音。		

6-3	澎	符彪 皮流	**澎池**符彪、皮流二反，水流貌。		澎二音幽、尤分部也。《廣韻》尤部無重脣。
	毛詩・魚藻之什・白華		案：《釋文》尤幽混切是常例，「澎」及其本字「淲」在《廣韻》、《集韻》皆沒有與尤韻「皮流」相當的讀法，「淲」在《廣韻》「皮彪」、《集韻》「平幽」、「皮虯」皆與幽韻「符彪」相當。趙少咸（2010：888）認爲此二反尤幽混用，或可從。亦即，此二反爲同音反切。因此本文不算作同源異形詞。（詳§2.5.）		
6-4	烘	巨凶 甘凶	**烘**火東反，燎也。徐又音洪。《說文》巨凶、甘凶二反。孫炎音恭。	吳云：烘，巨凶、甘凶二反，《爾雅・釋文》則引作《字林》，隋、唐間人《說文》、《字林》間有錯迕，此其一例。	音恭與甘凶同。
	毛詩・魚藻之什・白華				
6-5	燎	力弔 力召	**燎也**音了，又力弔、力召二反。		燎音嘯、笑分部。
	毛詩・魚藻之什・白華		案：《釋文》蕭宵混切是常例，「燎」在《廣韻》、《集韻》皆沒有與嘯韻「力弔」相當的讀法，趙少咸（2010：888）認爲此二反嘯笑不分，或可從。亦即，此二反爲同音反切。因此本文不算作同源異形詞。（詳§2.5.）		
6-6	娃	口井 烏攜	**娃竈**音恚，又丘弭反。郭云：三隅竈也。《說文》云：行竈也。呂沈同。音口潁反。何康瑩反。顧野王口井、烏攜二反。	沈，段改作忱，顧云：段改是也。《爾雅・釋文》云：娃，《字林》口潁反。是其證。瑩，葉鈔、朱鈔作螢，宋本與此本同。阮云：小字本、十行本所附皆是瑩字。	沈，阮云：當作忱。是。口井疑誤，詳《爾雅・釋言》，今《玉篇》作口迥，是也。
	毛詩・魚藻之什・白華		案：《釋文》清青混切是常例。「娃」在《廣韻・靜韻》沒有與「口井」相當的讀法，在《廣韻・迥韻》另有與今本《玉篇》相同的「口迥切」；《集韻・迥韻》沒有與今本《玉篇》「口迥切」相同的讀法，但《集韻・靜韻》有「犬潁切」，與「口井」同爲三等，與「口迥」同爲合口。據此則「口井」與「口迥」可能是靜迥相混的同音反切。趙少咸曰「〈釋言〉正同，則靜、迥未分耳」（2010：888）。本文仍沿用「口井」反切，但音韻地位視同「口迥」（合口四等）。		

7-1	且	子餘七敘	**有且**子餘、七救二反，多貌。	段云：〈有客〉且，七序反。則救乃敘之譌。阮云：相臺本所附作敘。焯案：古寫本作七餘反。	阮云：相臺本所附救作敘，是也。〈有客〉「且，七序反。」是其證。
		毛詩・蕩之什・韓奕	案：「七救」據阮元作「七敘」。「餘」、「敘」韻母同、聲調不同，《集韻》「此與切」即相當於「七敘」。「七餘」應爲「七敘」之訛。		
7-2	祁	上之尺之	**祁祁**巨移反。或上之、尺之二反。		祁與移、之不同部，尺之疑尸之之譌。
		毛詩・商頌・玄鳥	案：「上之」反切下字屬於之韻，因支脂之三者未分是《釋文》音切通例，實際上可能代表支韻。「上之」相當於《集韻・支韻》「常支切」；「尺之」相當於《集韻・之韻》「尺之切」，並非「尸之」之訛。		
9-1	削	思約思詔	**之削**如字。李思約、思詔二反。		
		周禮・冬官・考工記上			
9-2	好	呼報呼老	**好**三呼報、呼老二反，璧孔也，注同。		
		周禮・冬官・考工記下			
9-3	肉	柔又柔育	**肉倍**柔又、柔育二反，下同。		
		周禮・冬官・考工記下			
9-4	蜎	烏犬烏玄	**無蜎**於全反，又於兗反。李又烏犬、烏玄二反。或巨兗反。		蜎前四音仙、先、獮、銑分部。
		周禮・冬官・考工記下			

| 10-1 | 渭 | 口恰
口劫 | **渭**劉云：范去急反，他皆音泣。《字林》云：羹汁也，口恰、口劫二反。 | 《五經文字》云：渭從泣下肉，大羹也。渭從泣下日，幽深也。今《禮經・太羹》相承多作下字，或傳寫久譌不敢便改。煒案：張意殆謂作渭爲正。盧氏《考證》、嚴氏《唐石經校文》皆謂當作渭。吳承仕謂張參所說或本之《字林》等書，《類篇》、《集韻》分立渭、渭二文亦必有所承受。《說文》渭從音聲，韻部既有侵、緝之分，即聲類亦與去急不近。今《禮經》字作渭者，乃渭字形近之譌，此一說也。段玉裁云：渭字不見《說文》，字本作渭，肉之精液如幽淫生水也。《廣雅》「羹謂之胳。」皆字之或體耳。阮元〈儀禮石經校勘記〉仍從石經《釋文》作渭。黃先生亦以渭爲正，謂《說文》渭訓幽淫，幽淫引申而有汁義，渭、汁義相近已。渭從音聲讀去急切者，乃侵、緝爲平、入也。又音、渭皆喉音，厥有許今、去音二切，即渭從音聲之比，是於聲類、韻部皆可無疑，此又一說也。 | 音泣與去急同。口恰雙聲，不能爲切紐，恰蓋給之譌。 |

			今兩存之，以俟博識者考焉。黃又云：《釋文》云「他皆音泣」者，他者，指他師而言。		
	儀禮·士昏禮		案：據黃焯，「渰」、「湆」爲二字，爲一字皆有所據，今且從宋元遞修本作「湆」。《集韻》「乞洽切」即相當於「口恰」，無相當於「口給」的一讀，法校應誤。		
11-1	闌	魚列五結	闌魚列、五結二反。		闌，薛、屑分部。
	禮記·曲禮上				
11-2	呼	火故火胡	叫呼火故、火胡二反。		
	禮記·檀弓上				
11-3	槐	回懷	槐回、懷二音。		
	禮記·王制				
11-4	休	許收許虯	休其許收、許虯二反，美也。		他處皆許收訓息，許虯訓美，再通考之。
	禮記·月令		案：注章訓字字形爲「休」，但記錄的詞當爲「烋」。「烋」在《集韻·尤韻》有「虛尤」一讀，相當於「許收」；在《集韻·幽韻》有「香幽」一讀，則相當於「許虯」。法云：「他處皆許收訓息，許虯訓美」是以「許收」代表「休」，「許虯」代表「烋」，是兩個不同的詞。但依據《集韻》，「烋」一詞就有「許收」、「許虯」兩讀。今從《集韻》，視「許收」、「許虯」爲一詞的兩讀。		
11-5	妊	而林而鴆	妊而林、而鴆二反。		
	禮記·月令				
13-1	屋	羌據公荅	其屋《字林》戶臘反，閑也。《纂文》云：古闌字。《玉篇》羌據、公荅二反，	宋本、撫本閑皆作閑。阮云案：閑俗閉字，云閑也三字今《玉篇》作閉戶	《玉篇》以下皆後人增。

			云閑也。	聲，非是。吳云：《說文》：屝，閉也，从戶刧聲。闔，門扇也，一曰閉也，从門盍聲。音義大同，當爲一文，屝即闔之省耳。黃云：屝、闔無嫌爲變易字，而不可日屝爲闔省，闔從盍聲，盍並不从去也。	
		禮記・雜記上	案：《篆隸萬象名義》作「公荅反，云閑也。」本文仍依《釋文》原文。		
13-2	齊	在細在私	**采齊**本又作薺，在細、在私二反，注同。		
		禮記・仲尼燕居			
14-1	戾	力計呂結	**戾**力計、呂結二反。	鈔本出戾天二字，撫本同。	
		禮記・中庸			
14-2	纚	色買所綺	**纚**色買、所綺二反。		
		禮記・奔喪			
15-1	滑	乎八于八	**于滑**乎八、于八二反。		
		左傳・莊公	案：《釋文》喻三與匣混切，「滑」在《廣韻》、《集韻》皆沒有與喻三「于八」相當的讀法，本文此二反可能是同音反切。因此本文不算作同源異形詞。（詳§2.5.）		
16-1	佟	昌氏尸氏	**侯佟**昌氏、尸氏一反。		
		左傳・宣公	案：依《釋文》通例，昌氏、尸氏爲二反切，「一反」當據通志堂本作「二反」。		

18-1	潹	口郭 口獲	**潹水**好虢反。徐音郭，又虎伯反。《字林》口郭、口獲二反。		
	左傳·襄公		案：「口獲」反切下字屬麥韻，因《釋文》陌麥的混切是常例，實際上可能代表陌韻。「口獲」相當於《集韻·陌韻》的「廓攫切」。		
19-1	濡	而又 而于	**濡上**徐音須。《說文》女于反。一音而又、而于二反。		而又、而于二反有誤。
	左傳·昭公				
19-2	齹	才可 士知	**子齹**才何反。《字林》才可、士知二反。《說文》作齹，云：齒差跌也。在河、千多二反。	盧云：案，今《說文》作「齒差跌兒」。	
19-3	齹	在河 千多			
	左傳·昭公		案：「在河、千多二反」注章訓字爲「齹」。		
19-4	篲	似銳 息遂	**篲所以**似銳、息遂二反。		
	左傳·昭公				
21-1	揭	其例 去列	**故訐**九列反，九謁反。一音九刈反。又一本作揭，其例、去列二反。	盧本於九謁上增又字。又音宋本作一音，盧本刪音字止作又。	九謁上疑脫又字。
	公羊·莊公		案：注章訓字據「又一本」作「揭」		
21-2	纇	力對 欺類	**取纇**類，又力對、欺類二反。	宋本同，余本作音類。	欺疑誤。
	公羊·宣公		案：《集韻》「丘媿切」即相當於「欺類」，所以不誤。		
24-1	饐	央苣 央冀	**饐**於冀反。《字林》云：飯傷熱溼也，央苣、央冀二反。		

	論語‧鄉黨	案：此例依照《廣韻》的音類是同音反切。但是簡啓賢指出（2003：45）：「央莅、央冀二反。」在《廣韻》音系中同音，但在《字林》音系中「莅」爲質部，「冀」爲脂部，不同音。由此，則此例也是同義異讀。但是，因《廣韻》同音，兩讀差異爲何難以確定，所以仍不使用在同源異形詞的討論上。			
24-2	柴	仕佳 巢諧	**柴**仕佳、巢諧二反。	佳，宋本同，蜀本作皆。案作佳是也。	仕佳、巢諧，此佳、諧分部。
	論語‧先進	案：《釋文》佳皆的混切是常例，「柴」在《廣韻》、《集韻》皆沒有與皆韻「巢諧」相當的讀法，所以此二反可能是同音反切。因此本文不算作同源異形詞。（詳§2.5.）			
26-1	跔	紀于 求于	**不拘**紀于反。依字宜作跔，紀于、求于二反。〈周書〉云「天寒足跔」是也。		
	莊子‧逍遙遊	案：注章訓字爲「跔」。			
26-2	炎	于廉 于凡	**炎炎**于廉、于凡二反，又音談。李作淡，徒濫反。李頤云：同是非也。簡文云：美盛貌。		于廉、于凡，此鹽、凡分部。
	莊子‧齊物論				
26-3	呴	況于 況付	**相呴**況于、況付二反。		
	莊子‧大宗師				
26-4	揭	其列 其謁	**乃揭**其列、其謁二反。		
	莊子‧大宗師				
27-1	揭	其謁 其列	**揭**其謁、其列二反。		
	莊子‧胠篋				

27-2	喙	充芮 喜穢	喙丁豆反，又充芮、喜穢二反。		喙，丁豆反，則字當作啄，陸氏於此二字多不分。
	莊子·天地				
27-3	揭	其列 其謁	夫揭其列、其謁二反。		
	莊子·天運				
27-4	侗	吐功 敕動	侗乎吐功、敕動二反，無知貌。《字林》云：大貌。一音慟。		
	莊子·山木	案：《釋文》端知可混切，此處「敕動」反切上字屬徹母，但可能實際上代表透母。			
27-5	揭	其列 其謁	揭其列、其謁二反。		
	莊子·山木				
27-6	愀	在久 七小	戚然子六反。本或作愀，在久、七小二反。		
	莊子·田子方	案：注章訓字爲「愀」。			
28-1	揭	其列 其謁	揭其列、其謁二反。		
	莊子·庚桑				
28-2	揭	其列 其謁	揭其列、其謁二反。		
	莊子·外物				
28-3	攫	俱碧 俱縛	攫俱碧反、俱縛二反，又史貌反。李云：取也。	宋本縛下有二字，無或字。盧本作俱碧、俱縛二反，刪上反字並刪下或字，是也。	俱縛反上殆脫又字，史貌不成切，誤也。
	莊子·讓王	案：「俱碧反、俱縛二反」據抱經堂本作「俱碧、俱縛二反」。黃焯已用盧校，本文從之。			

28-4	土	片賈 許賈	土敕雅反，又片賈、行賈二反，又音如字。	章炳麟云：敕雅爲韻轉類隔之音，片賈、行賈二反於聲紐則絕遠，不知何以得此二音。黃云：片爲斥之譌，行賈一音則因土、野同音，讀舌爲喉也。野讀時預反，即與杜音迫近。又云：牡从土聲，比知土有脣音無可疑者。今俗語形容碎物之音曰土（片賈反）苴（此雅反）一響，猶是古語。又云：行賈之音正與下同。	片蓋斥之譌，行疑徒之譌。
		莊子・讓王	案：據龍宇純（2002：463-499）認爲「片賈」不誤，且「行賈反的行字必是草書許字的誤鈔」。「許賈」相當於《集韻・馬韻》的「許下切」。		
28-5	愀	七了 子了	愀七小反，徐在九反，又七了反、二了反，又資酉反。李音秋，又遙反。一本作欣。	盧本改作「又七了、子了二反」，並於遙上增七字。	遙上脫一字，盧補七字。
		莊子・讓王	案：「又七了反、二了反」據盧文弨作「又七了、子了二反」。味黃焯意，似同意盧改。本文從之。		
28-6	瞋	赤夷 赤眞	瞋目赤夷、赤眞二反。		
		莊子・說劍			
29-1	昄	方但 方旦	昄沈旋蒲板反，此依《詩》讀也。孫、郭方滿反。《字林》方但、方旦二反。施乾蒲滿反。顧音板，又普姦、普練二反。		練疑諫之誤，《集韻》亦收霰部，蓋其誤已久。
29-2	昄	普姦 普練			
		爾雅・釋詁	案：《廣韻》及其以前韻書，皆無相當於「普練」或「普諫」的一讀。僅《集韻》有霰韻一讀，即法偉堂以爲「蓋其誤已久」者。因無更多證據，本文仍依原文作「普練」。		

29-3	摽	普交 符表	**標**婢眇反，又普交、符表二反。	石經及單、雪二本同，宋本作標，從木誤。	
	爾雅·釋詁		案：注章訓字據黃焯作「摽」。		
29-4	姎	烏郎 烏黨 烏浪	**姎**烏郎、烏黨、烏浪三反。《說文》云：女人稱我曰姎。		
	爾雅·釋詁				
29-5	揫	子由 徂秋	**揫**孫子由反。郭音遒。案：遒音子由、徂秋二反。		
	爾雅·釋詁				
29-6	迅	信峻	**迅**信、峻二音。		
	爾雅·釋詁				
29-7	痡	普胡 芳膚	**痡**普胡、芳膚二反，《詩》作鋪。		
	爾雅·釋詁				
29-8	禠	常支 巨移	**禠**音斯。郭常支、巨移二反。		常支、巨移二反乃祇字之音，殆郭本作祇也。
	爾雅·釋詁		案：王書輝（2006：48-49）認爲「巨移」代表「祇」字，「常支」代表「禔」字。但「禠」在《集韻·支韻》正有「常支切」一讀，以及與「巨移切」相對應的「翹移切」一讀。本文尊重《集韻》對《釋文》的詮釋，不認爲此二反代表不同的詞；也不從法偉堂之說。		
29-9	掔	苦間 苦忍	**掔**却賢反，又苦間、苦忍二反。		
	爾雅·釋詁				
29-10	𡁖	壚愧 苦怪	**𡁖**苦怪反，又壚季反。《字林》以爲喟，丘愧反。孫本作快。郭音苦槼反。又作𡁖，壚愧、苦怪二反。	《一切經音義》亦云喟，又作𡁖。	

	爾雅·釋詁	案：注章訓字爲「嘖」。			
29-11	抨	普耕 補耕	**抨**普耕反。案：字書拼、抨並音普耕、補耕二反，訓義亦同。今旣二字相隨，故多互其讀也，亦從手彈也。字又作伻，音同，使人也。	黃云：石經初刻作伻。《五經文字》無从人之伻。《類篇·人部》伻引《爾雅》：使也。《集韻》不云《爾雅》。	
	爾雅·釋詁				
29-12	摸	亡各 亡胡	**摸**亡各、亡胡二反。	吳云：各本同作樓胡反，案樓爲摸之形譌。焯案：宋本樓作亡。	樓疑莫之譌。
	爾雅·釋詁	案：「亡胡」通志堂本作「樓胡」，今從宋元遞修本。			
29-13	噈	子六 子合	**就**如字。或作噈，子六、子合二反。又作歒，同。	《集韻》、《類篇》引作歒。	
	爾雅·釋詁				
29-14	斯	私貲 所宜	**斯**私貲、所宜二反。	《詩·墓門·釋文》引作「斯，侈離也。」	
	爾雅·釋言				
29-15	啜	丑裔 尺銳	**啜**常悅反。郭音銳。顧豬芮反。施丑裔、尺銳二反。《說文》云：啜，嘗也。《廣雅》云：食也。		
	爾雅·釋言				
29-16	冥	亡經 亡定	**冥**覓經反。《字林》亡經、亡定二反。		
	爾雅·釋言				

29-17	烘	巨凶 甘凶	**烘**沈、顧火公反。郭巨凶反。孫音恭。《字林》巨凶、甘凶二反。		
	爾雅・釋言				
29-18	燎	力召 力弔	**燎**力皎反，又力召、力弔二反。	燎與寮通，《孝經・孝治章・釋文》寮本亦作燎，同。	
	爾雅・釋言		案：相關討論見例 6-4。		
29-19	烓	口井 烏攜	**烓**郭音恚。《字林》口穎反。《說文》云：行竈也。顧口井、烏攜二反。	盧云：案，《詩・釋文》引作口潁反。	〈白華・釋文〉引《字林》作口潁（榮芬案，潁當作潁）反，是也，據《廣韻》，潁（榮芬案，潁當作潁）收靜，潁收迥，二字異部也。烓、井不同部，此云顧口井反，亦誤，今《玉篇》口迴、烏圭二切。
	爾雅・釋言		案：相關討論見例 6-5。		
29-20	賑	之人 之刃	**賑**之忍反，又之人、之刃二反。《字林》云：富也。刃引反。	刃字宋本已誤，任大椿《字林考逸》改作丑引反，是也。《集韻》、《類篇》並有丑忍一切，當本之《字林》。	刃疑誤，當作丑，見《集韻》。
	爾雅・釋言				
29-21	稹	振真	**稹**謝之忍反。郭振、真二音。		
	爾雅・釋言				
29-22	踣	孚豆 蒲侯	**踣**蒲北反，又音赴。或孚豆、蒲侯二反。		
	爾雅・釋言				

29-23	慅	騷草蕭	**慅慅**郭騷、草、蕭三音。		
	爾雅・釋訓				
29-24	夢	亡工亡棟	**夢夢**亡工、亡棟二反，沈、施亡增反。	黃云：夢夢，與下儚儚近，又與懜近，下《釋文》字或作懜。《說文》：懜，不明也，又通作懵。《集韻》引《廣雅》：懵，暗也。聲轉又作瞢，故〈楚語〉注瞑眩「頓瞢也」，頓瞢即訰夢矣。	
	爾雅・釋訓				
29-25	訰	之閏之屯	**訰訰**之閏、之訰二反。或作諄，音同。顧舍人云：夢夢、訰訰、煩、懣，亂也。		
	爾雅・釋訓		案：「之訰」以字頭作反切下字，疑誤，據通志堂本作「之屯」。		
29-26	紃	囚春昌泑	**紃**囚春、昌泑二反。本無此字。	臧云：紃，此郭注爲訰字作音也，今注闕此，故校者云「本今無此字」，脫今字。	紃，臧氏在東云：此郭注爲訰字作音也，今注缺此，故校者云「今無此字」，脫今字。
	爾雅・釋訓		案：《廣韻》「詳遵切」、《集韻》「松倫切」相當於「囚春」，《集韻》「昌緣切」相當於「昌泑」，《廣韻》、《集韻》字頭皆作「紃」，不誤。		
29-27	儚	亡崩亡冰	**儚儚**字或作懜，孫亡崩、亡冰二反。	嚴元照云：《說文》無儚字，作懜則與上文夢夢重出，當作儚。《說文》：儚，惛也。郝懿行云：儚字經典不用，故借懜與儚爲之。	
	爾雅・釋訓				

29-28	傅	徂兗 徂沇	**傅**傅徒端反。施遄莫反。郭徂兗、徂沇二反。	黃云：施遄莫反是其字作傅，从專，與怖同，音亦通，正當作怛，憯也，又云：《集韻》引郭作粗兗切。	施遄莫反殆其本從專也，郭讀從紐亦非。
	爾雅・釋訓		案：《集韻》「粗兗切」即相當於「徂兗」，所以郭徂兗不非。		
29-29	引	余忍 余慎	**引**余忍、余慎二反，引長多也。		
	爾雅・釋訓				
29-30	愈	瑜 庾	**愈**本或作俞，同瑜、庾二音。		
	爾雅・釋訓				
29-31	燕	烏殿 烏顯	**燕**燕字又作宴，烏殿、烏顯二反。	石經及邢、單、蜀、吳、瞿、雪諸本皆作宴，《集韻・二十七銑》、《類篇・宀部》引亦作宴。	
	爾雅・釋訓				
29-32	狷	胡犬 古犬	**狷**狷胡犬、古犬二反。		
	爾雅・釋訓				
29-33	熇	許各 火沃	**熇**熇許各、火沃二反。本今無此字。	黃云：案，《釋文》上謞謞本作熇，其作謞者，乃後人改之，又未刪熇字爾。當在謔字上，或以為郭音，或以校者所注訛入正文，皆非也。	《考證》云：《詩・板》篇作熇熇，郭必引此而今注闕之耳。
	爾雅・釋訓				

29-34	扡	泰何 達可	**扡**本或作挓，同泰何、達可一反。《廣雅》云：引也。《說文》云：曳也。	《考證》引臧云：注謂牽挽，所見宋、明舊刻單注本皆作謂牽挓。邵氏《正義》引宋本同，扡即挓之異文。	扡今注作挽，宋本作挓，扡則挓之俗。
	爾雅・釋訓		案：依《釋文》通例，泰何、達可爲二反切，「一反」當據通志堂本作「二反」。		
29-35	尰	蜀勇 時踵	**尰**本或作瘇，同，並籀文瘇字也。蜀勇、時踵二反。	案，《說文》尰，籀文从尢，作瘇，無尰字。陸云並籀文誤也。	《廣韻》蜀、時同紐，未知陸所以異。
	爾雅・釋訓		案：此二反可能爲同音反切。因此本文不算作同源異形詞。（詳§2.5.）		
29-36	襢	徒坦 徒丹	**襢**本或作袒，同徒坦、徒丹一反，下同。	石經：襢裼，肉袒也。上作襢，下作袒，《釋文》不別出袒字，是兩字皆作襢。《詩疏》、《集韻》、《類篇》與石經同，《後漢書注・六十上》、《文選注・五》引兩皆作袒。	
	爾雅・釋訓		案：依《釋文》通例，徒坦、徒丹爲二反切，「一反」當據通志堂本作「二反」。		
29-37	橶	子葉 才入	**橶**本或作檝，又作楫，同子葉、才入二反。《方言》云：橶，橈也。《說文》云：橶，舟棹也。《釋名》曰：在旁撥水曰櫂，又謂之橶。橶，捷也。	宋本撤作橶，與正文同。盧本改作楫，案，邢、單、蜀、吳、瞿、雪諸本皆作楫。	今《說文》作楫，橶疑當作楫。
	爾雅・釋訓		案：「本或作橶」，通志堂本作「本或作撤」，據黃焯應作「本或作楫」。		
29-38	閾	域 洫	**閾**域、洫二音。		
	爾雅・釋宮		案：「二音」通志堂本作「一音」，《補校》曰：「一」字顯誤，宋本、盧本是「二」字。		

29-39	墥	達結 達計	**墥** 達結、達計二反，高貌也。或作㟪，丁果反。本或作端。	單、蜀、吳、瞿、雪諸本皆作㟪。	
	爾雅・釋宮				
29-40	鏝	亡旦 武安	**鏝** 本或作槾，又作墁，同亡旦、武安二反。《說文》云：鐵杇也。		
	爾雅・釋宮	案：注章訓字「鏝」的二反反切下字屬開口，但《廣韻》「鏝」入合口桓韻。本文按照《釋文》反切下字，韻母是開口。《廣韻》寒韻無脣音，因脣音不分開合，實際上不影響擬音。			
29-41	杙	羊式 羊特	**杙** 羊式、羊特二反，下句「雞棲於弋」音同。	《詩・兔罝・釋文》：杙，郭羊北反。	羊特不成切，不知陸意云何，羊殆他之誤乎？
	爾雅・釋宮	案：喻四一般不出現於一等韻。「羊特」反切上字屬喻四，反切下字卻屬一等。此反切以及《詩・兔罝・釋文》的「羊北反」，可能反映喻四的流音來源尚未完全變爲近音的形式（喻四的演變詳龔 2011b：35-39, 196-216），屬於較早期的反切。因爲韻母還未變爲三等，下字仍可使用一等字。若果真如此，則此二反亦是同音反切。因此本文不算作同源異形詞。（詳§2.5.）			
29-42	隄	都奚 徒雞	**隄** 都奚、徒雞二反。		
	爾雅・釋宮				
29-43	瓿	步口 步侯	**瓿** 步口、步侯二反。		
	爾雅・釋器				
29-44	斪	古侯 鳩于	**斪** 郭巨俱反。謝古侯、鳩于二反。本或作拘，非。	《廣韻・四覺》引作拘欘，盧云：欘當从木。案，《說文》作欘。	
	爾雅・釋器	案：注章訓字「斪」形誤，據通志堂本作「斪」。《集韻》與「古侯」、「鳩于」相應的「恭于切」、「居侯切」字頭亦皆作「斪」。			

29-45	緩	子弄 子公	緩子弄、子公二反。緩，罷也。		
	爾雅・釋器				
29-46	簎	捉 廓	簎郭士角反，又捉、廓二音。	宋本七作士，案，《集韻》、《類篇》簎並有仕角一切，無作清聲讀者，則作士是也。黃云：簎者，籗之別。	〈南有嘉魚〉：簎，助角反。則此七疑士之誤。士角音捉，疑當作雀，見《廣雅》。音廓，則當作籗。
	爾雅・釋器		案：「廊」形誤，據通志堂本作「廓」。「簎」在《集韻・覺韻》有「側角切」與「捉」相當，在《集韻・鐸韻》有「闊鑊切」與「廓」相當。但二音聲母相差甚遠。王書輝（2006：126）認爲：又音「廓」，是讀「簎」爲「籗」。《說文》竹部：「籗，罩魚者也。从竹、靃聲。籗，籗或省。簎，籗或从隺。」「罩魚者」與郭璞注「捕魚籠」義近同。《廣韻》「籗」、「廓」二字同音「苦郭切」（溪紐鐸韻），「籗」字釋云：「《爾雅》注云『捕魚籠』，亦作簎，又仕角切。」是「籗」字亦有「士角」一音（士仕聲紐相同）。按「簎」之聲紐屬齒音，「籗」之聲紐屬牙音，相隔甚遠，不可互通。疑「簎」、「籗」二字本各自有音，後因二字形義俱近，自許愼《說文》即誤爲重文，而音亦互可通用。 本文暫時接受此說，認爲「簎」、「籗」二字原不同音，因是近義詞，字形又近，音才相混。（詳§2.4.）		
29-47	罩	陟孝 陟角	罩陟孝、陟角二反。《字林》云：竹卓反。字又作篁。		竹、卓同紐，不能爲切，〈南有嘉魚〉音同。
	爾雅・釋器				
29-48	槮	霜甚 疏廕	槮沈桑感反。謝胥寢反。郭霜甚、疏廕二反。《爾雅》舊文并《詩傳》並朱旁作。《小爾雅》木旁作，其文云：魚之所息謂之橬。橬，槮也，積柴水中而魚舍焉。郭因改米從木。《字林》作罧，山泌反，其義同。	《詩・潛・釋文》引郭又心廩反，《玉篇》槮下、《廣韻・沁》槮及《初學記・二十八》引經作槮。注作罧，《說文繫傳》罧下引經作罧，單疏本引注作罧，而云「槮、罧古今字。」泌字宋本已誤，盧本改作沁。	泌當作沁。

	爾雅·釋器	案：據下文「郭因改米從木」，「《爾雅》舊文并《詩傳》並朱旁作」的「朱」當作「米」。本文依宋元遞修本作木旁，不作朱旁或米旁。		
29-49	涔 岑潛	涔郭岑、潛二音。《詩》作潛字。《小爾雅》作橬字，亦音潛，又時占反，猶取積柴之義。		
	爾雅·釋器			
29-50	罦 浮孚	罦浮、孚二音。		
	爾雅·釋器			
29-51	卣 由酉	卣由、酉二音，下同。		
	爾雅·釋器			
29-52	裾 居渠	裾郭居、渠二音。		
	爾雅·釋器			
29-53	衿 今鉗	衿謂又作紟。郭同今、鉗二音。顧渠鳩、渠金二反。	吳云：渠鳩反，鳩爲鵏字形近之譌，又音紟，音字疑應作作，此條文有譌奪，各家失校。黃云：音當爲作，既無首音，何又音之云，此字《說文》正作紟也。焯案：宋本音正作作，可證成黃、吳二君之說。	音蓋作之譌，鳩蓋鵏之譌。
29-54	衿 渠鳩 渠金			
	爾雅·釋器	案：「渠鳩」據吳承仕作「渠鵏」。王書輝（2006：132-133）認爲「鉗」是讀「紟」爲「岑」。但「衿」、「紟」在《集韻·鹽韻》有與「鉗」相當的「其淹切」一讀，本文尊重《集韻》對《釋文》的詮釋，不認爲此二反爲不同的詞。		
29-55	幃 暉韋	幃本或作褘，又作徽，同暉、韋二音。	石經作褘，邢、單、蜀、吳、瞿、雪諸本皆同，《詩·豳	

			風・東山・正義》亦引作褘，《文選注・十五》引作褘，又引作徽，《後漢書・張衡傳・注》亦引作徽。		
	爾雅・釋器				
29-56	鉸	呼蓋 苦蓋	鉸呼蓋、苦蓋二反。《字林》火刈反。郭呼帶反。	黃云：呼蓋、呼帶今則無分。	《廣韻》呼帶與呼蓋同。
	爾雅・釋器		案：字頭「鉸」形誤，據通志堂本作「餀」。		
29-57	饐	央例 央冀	饐於器反。葛洪音懿，釋云：饐，餿臭也。餿，色留反。《字林》云：飯傷熱濕也，央例、央冀二反。	吳云：《論語》「食饐而餲」《釋文》引《字林》央苊、央冀二反。案，苊、冀同韻類，不得分爲二音，此引作例，是也。《論語・釋文》作苊者，疑聲近之譌，黃云：《字林》韻類豈必與《廣韻》同。	於器、音懿、央冀並同。就《廣韻》細分之，則於器一類，音懿、央冀一類也。
	爾雅・釋器				
29-58	斫	莊略 牀略	斫莊略、牀略二反。《字林》云：斬也。		
	爾雅・釋器				
29-59	羹	古衡 下庚	羹又作羮，同古衡、下庚二反。		
	爾雅・釋器				
29-60	臛	火各 火沃	臛火各、火沃二反。《字林》云：肉羹也。		臛據音則字當從隺，唐、宋人書二字多不辨。

	爾雅·釋器	案：金慶淑（1993：91）指出：「臃」字，《王一》《王二》並作「臃」，而《切三》《廣韻》作「臃」。經查《廣韻聲系》、《說文詁林》，亦認爲「臃」、「臃」爲一字。注章訓字因此依法偉堂作「臃」。		
29-61	緷	戶本 苦本	**緷**古本反，又戶本、苦本二反。《埤蒼》云：大束也。		
	爾雅·釋器				
29-62	龐	方皮 方賜	**龐**方皮、方賜二反。		
	爾雅·釋器				
29-63	萩	速 藪	**萩**速、藪二音。《詩》云：其萩維何，維筍及蒲。		
	爾雅·釋器				
29-64	鏐	力幽 其幽 力幼	**鏐**力幽、其幽、力幼三反。	方字誤，宋本作力。	方乃力之誤。
	爾雅·釋器		案：「力幽」通志堂本作「方幽」，今從宋元遞修本。		
29-65	釗	余緊 弋刃 常刃	**釗**余緊、弋刃、常刃三反。		
	爾雅·釋器		案：《釋文》船禪可混切，「常刃」反切上字屬於禪母，亦可能代表船母，此處兩說並存。（李方桂上古音船禪不分，詳李方桂 2012）		
29-66	鵠	胡酷 古毒	**鵠**胡酷、古毒二反，白也。本亦作鵠，同。《廣雅》作鵠。	黃云：今《廣雅》作鵠，云：分也。曹憲音口角反。案，《玉篇》鵠亦音口角反，是鵠、鵠同音，同義，字小殊耳。又案，《玉篇》引《爾雅》此文作鵠，《廣韻·沃》作鵠。	
	爾雅·釋器				

29-67	點	丁簟 丁念	**點**丁簟、丁念二反。李本作沾。孫本作玷。	宋本、葉鈔、朱鈔，玷皆作玷，當據正。	
	爾雅・釋器		案：「玷」通志堂本作「玷」，今從宋元遞修本。		
29-68	鍭	侯 候	**鍭**侯、候二音。	《儀禮・既夕・疏》引作猴。	
	爾雅・釋器				
29-69	琡	昌育 常育	**琡**昌育、常育二反。		
	爾雅・釋器				
29-70	竿	乾 幹	**竿**乾、幹二音。		
	爾雅・釋器				
29-71	卣	酉 由	**卣**酉、由二音。		
	爾雅・釋器				
29-72	灑	所蟹 所綺	**灑**所蟹、所綺二反，又所賈反。孫云：音多變，布出如灑也。		所蟹、所買二音同，蓋讀買如馬也。出如灑也，邢《疏》引作「如灑出也。」
	爾雅・釋樂				
29-73	巢	仕交 莊交	**巢**孫、顧並仕交、莊交二反。孫又徂交反。巢，高也。言其聲高。		徂處、仕處（榮芬案，二處字均當作交）非異讀，必有誤字。
	爾雅・釋樂				
29-74	錘	直危 直僞	**錘**直危、直僞二反。《廣雅》云：錘謂之權。		
	爾雅・釋樂				

29-75	著	陟慮遲慮	著施直魚反。孫直略反，又陟慮、遲慮二反。本或作祝字，宜章六反。	《御覽·十七》引孫炎音作豬署反，引郭璞《音義》：著者，或作祝黍。	
	爾雅·釋天				
29-76	灘	勑丹勑旦	灘本或作攤。郭勑丹、勑旦二反。《字林》大安、他安二反。	《史記索隱》引作灘。	
29-77	灘	大安他安			
	爾雅·釋天		案：《釋文》端知可混切，「勑丹」、「勑旦」反切上字屬於徹母，但可能代表透母。		
29-78	陬	側留子侯	陬側留、子侯二反，隅也。又子瑜反。		
	爾雅·釋天				
29-79	余	餘舒	余餘、舒二音。孫作舒。李云：余，舒也。萬物生枝葉，故曰舒也。		
	爾雅·釋天		案：萬獻初云（2012：311）：「余（除）」是四月的別名，本音「餘」，聲訓爲「舒」以明語源，則此處「二音」是記錄聲訓的。		
			本文不贊同萬獻初的看法，雖然「李云：余，舒也。萬物生枝葉，故曰舒也。」是聲訓，二音所在注章「餘、舒二音。」則只是注音。「舒」在一處爲聲訓，並不妨礙另一處爲注音。		
29-80	庉	徒袞徒昆	庉徒袞、徒昆二反。本或作炖字，同。	黃云：或曰炖，正作焞，《詩·采芑》「嘽嘽焞焞」《傳》：焞，盛也，又通作燉。《玉篇》：燉，火熾盛貌。	
	爾雅·釋天				
29-81	雺	亡公亡侯	雺或作霧字，同亡公、亡侯二反。	霧，宋本同，盧本依《說文》改作霿。黃云：《爾雅》、《說文》傳本互異，各	霧，盧改霿，是。

			從其本，盧改作霿，非。又《書‧釋文》霿，徐音亡鉤反，今本作蒙，段謂儁包所改。	
	爾雅‧釋天			
29-82	霆	徒佞 徒頂	**霆**徒丁反，《字林》同。又徒佞、徒頂二反。《說文》云：雷餘聲鈴鈴，所以挺出萬物也。	
	爾雅‧釋天			
29-83	驅	豈俱 羌句	**先驅**如字，下豈俱、羌句二反。	
	爾雅‧釋天			
29-84	灑	所買 所綺	**灑**所買、所綺二反。	
	爾雅‧釋天			
29-85	篲	似醉 似銳	**篲**恤遂反，又似醉、似銳二反。本今作彗。	邢、單、蜀、吳、瞿、雪諸本皆作彗，《集韻》〈十二庚〉、〈二十八衒〉引亦作彗。酢字誤，宋本作醉。	酢，盧改醉，是。
	爾雅‧釋天	案：「似醉」通志堂本作「似酢」，今從宋元遞修本。		
29-86	攙	初銜 仕衫	**攙**初銜、仕衫二反。	
	爾雅‧釋天			
29-87	槍	初庚 七羊	**槍**初庚、七羊二反。	
	爾雅‧釋天			

29-88	彴	蒲博 步角 皮約	彴蒲博、步角、皮約二反。	宋本作彴，唐寫本《爾雅》同。《集韻・四覺》彴彴注云：《爾雅》奔星爲彴，或作彴。案，《說文》無彴字，人部彴，約也，即《爾雅》之彴約。黃云：單言曰彴，重言曰彴約，故《說文》以約釋彴。	
	爾雅・釋天		案：依《釋文》通例，蒲博、步角、皮約爲三反切，「二反」當據通志堂本作「三反」。		
29-89	瘞	於例 於計	瘞於例、於計二反。		
	爾雅・釋天				
29-90	羆	居委 居僞	羆本或作庋，又作竣，同居委、居僞二反。	石經作羆，《詩・鳧鷖・疏》〈覲禮・疏〉引作羆，《通典・四十六》引作庋，《後漢書注・四十下》引作庋，《白帖・五》引同。嚴元照云：羆、羆、庋、庋、竣五字不見於《說文》，而从支者尤非。案，盧本羆、庋、竣並改从支，又〈犬人・釋文〉引羆作祬。《御覽・卷第三十八》作祭山曰展懸，注云：出《爾雅》。是古本《爾雅》有作展者。黃云：本當作楮，猶枝柱亦楮柱之叚借，作展亦楮之借。	羆、庋、竣並當從支。
	爾雅・釋天				

29-91	獠	力召 力弔	**獠**郭音遼，夜獵也。又力召、力弔一反。或作燎，宵田也。	盧云：《詩・伐檀・正義》引郭《注》云：獠，猶燎也。知作燎者非。	
	爾雅・釋天		案：依《釋文》通例，力召、力弔爲二反切，「一反」當據通志堂本作「二反」。《釋文》蕭宵混切是常例，「獠」在《廣韻》、《集韻》皆沒有與嘯韻「力弔」相當的讀法，此二反可能爲同音反切。因此本文不算作同源異形詞。（詳§2.5.）			
29-92	夢	亡貢 亡工	**夢**本或作蒙，亡貢、亡工二反。		
	爾雅・釋地				
29-93	隃	戌 輸	**隃**戌、輸二音。	《御覽・五十三》引隃音戌，又《州郡・九》引作踰。	
	爾雅・釋地				
29-94	鰈	勅臘 他盍	**鰈**本或作鰨，同音牒，又勅臘、他盍二反。	黃云：勅臘、他盍今則無分。	勅臘與他盍同，疑有誤。
	爾雅・釋地		案：《釋文》端知可混切，「勅臘」反切上字屬於徹母，但可能代表透母。因此「勅臘」與「他盍」可能是同音反切。因此本文不算作同源異形詞。（詳§2.5.）			
29-95	枳	居是 諸是	**枳**本或作積。顧音居是、諸是二反。郭巨宜反。孫音支，云：蛇有枝首者，名曰率然。施音指。案：枳首謂蛇有兩頭。		
	爾雅・釋地				
29-96	沮	辭與 慈呂	**沮**孫、郭同辭與、慈呂二反。謝子預反。施子余反。		辭與、慈呂二音並舉，是陸亦分邪、從爲二紐也。
	爾雅・釋丘		案：《釋文》從邪可混切，「辭與」反切上字屬於邪母，「慈呂」反切上字屬於從母，但兩者可能是同音反切。因此本文不算作同源異形詞。（詳§2.5.）			

29-97	迆	余紙 余支	迆字或作迤，余紙、余支二反。《說文》云：迆，邪行也。	邢本作迤，盧云：《說文》作迆，不作迤。	《說文》作迆，不作迤。
	爾雅·釋丘				
29-98	梧	五故 五胡	梧五故、五胡二反。		
	爾雅·釋丘				
29-99	華	戶花 戶化	華戶花、戶化二反。《字林》作崋，同。	唐寫本《爾雅》作華，《說文》作𡸪，《九經字樣·山部》作崋，經典相承用華字。	
	爾雅·釋山				
29-100	屬	章玉 時欲	屬章玉、時欲二反，謂相連屬。		
	爾雅·釋山				
29-101	崒	子恤 才戌	崒子恤、才戌二反。《字林》才沒、子出二反。	盧云：案，《詩·釋文》云：崒，舊子恤反。宜依《爾雅》音徂恤反，今此乃作卒，音殊不契勘。	
29-102	崒	才沒 子出			
	爾雅·釋山				
29-103	嶙	力儉 力儼	嶙本或作嵰字，同。郭魚檢反。《字林》云：山形似重甗，居儉反。顧力儉、力儼二反。	《說文》無嵰字。	力儉、力儼，此儉、儼分部。今儼部無來紐。
	爾雅·釋山	案：法偉堂指出，儼韻無來母。《廣韻》、《集韻》確實沒有與「力儼」對應的一讀，《集韻》則有「力冄切」相當於「力儉」。《釋文》鹽嚴可混切，「力儉」、「力儼」兩者可能是同音反切。因此本文不算作同源異形詞。(詳§2.5.)			

29-104	陘	胡經 古定	陘郭胡經、古定二反。		
	爾雅・釋山		案：王書輝（2006：176-177）認爲「古定」是讀「陘」爲「硎」。但「陘」在《集韻・徑韻》有「古定切」一讀，本文尊重《集韻》對《釋文》的詮釋，不認爲此二反爲不同的詞。		
29-105	磝	五交 五角	磝字或作礆，同。《字林》口交反。郭五交、五角二反。	〈海賦・注〉引作巖，《五經文字・石部》礆：五交反，見《爾雅》。盧云：《說文》：礆，礊石也。無磝字。焯案：磝正當作磝。《說文》：磝，山多小石也。與《爾雅》訓合。磝則通用字。	礆與磝殆不同字，口交爲礆之音，五交、五角爲磝之音，亦不容相混也。
	爾雅・釋山		案：王書輝（2006：177）認爲「五角」是讀「磝」爲「礐」。但「磝」在《集韻・覺韻》有與「五角」相當的「逆角切」一讀，本文尊重《集韻》對《釋文》的詮釋，不認爲此二反爲不同的詞。		
29-106	否	方有 卑美	一否方有、卑美二反。《廣雅》云：否，不也。		
	爾雅・釋水				
29-107	汧	口千 口見	汧口千、口見二反。		
	爾雅・釋水				
29-108	汧	苦見 苦堅	汧苦見、苦堅二反。		
	爾雅・釋水				
29-109	蘊	紆云 紆粉	蘊紆云、紆粉二反。		
	爾雅・釋水				

29-110	潏	述決	潏郭述、決二音。呂伯雍音同。案：郭《圖》：水中自然可居者爲洲，人亦於水中作洲，而小不可止住者名潏，水中地也。		
		爾雅·釋水			
30-1	蟘	息遂囚銳	蟘息遂、囚銳二反。		
		爾雅·釋草			
30-2	瓣	苻莧苻閑	瓣苻莧、苻閑二反。謝力見反。郭云：瓠中瓣也。《字林》云：瓜中實也，父莧反。	吳云：瓣从辡聲，與力見反聲類稍遠，然自六朝迄唐此字自有力見一音，《文選·祭古冢文》「水中有甘蔗節，及梅李核瓜瓣」李《注》：瓣，白莧切，一作辯字，音練，瓣與練字通。此由當時行用練音，故言古謂瓜瓣，即今語之瓜練也。黃云：从辡聲者，可有舌音，故〈小宰〉廉辨或爲廉端。	力疑方之譌。《廣韻》郎甸切有瓅字，云瓜瓅，或者謝讀瓣爲瓅乎。
		爾雅·釋草			
30-3	萹	補殄匹縣	萹匹善反。顧補殄、匹縣二反。	《詩·淇奧·釋文》：萹本亦作扁，匹善反，音篇，郭匹殄反，一音布典反。	
		爾雅·釋草			

30-4	秠	匹几 匹九 夫九	秠孚鄙反，又孚丕反。《字林》匹几、匹九、夫九三反。	《詩・生民・釋文》：秠，郭芳婢反。	孚、丕同紐，丕疑邳誤，《廣韻》敷悲切。
	爾雅・釋草				
30-5	蘆	才河 采苦	蘆施、謝才古反。郭才河、采苦二反。《字林》千古反。		
	爾雅・釋草				
30-6	茞	昌改 昌敗	茞昌改、昌敗二反。《本草》云：白芷一名白茞。		敗不知何字之譌，疑當作里。
	爾雅・釋草	案：「昌敗」反切下字屬於夬韻，《廣韻》、《集韻》皆無相對應的讀法，亦無透過混切可能代表的讀法，本文存疑，暫不採用此二反。			
30-7	莥	女久 其久	莥女久、其久二反。	《御覽・九九四》引郭音紐。	其久反誤，〈釋木〉杻音女久、汝久二反。
	爾雅・釋草	案：「其久」法偉堂認爲作「汝久」，但《集韻・有韻》有與「其久」相當的「巨九切」，本文尊重《集韻》對《釋文》的詮釋，仍依原文作「其久」。			
30-8	蓷	弋垂 徂規	蓷弋垂、徂規二反。《廣雅》云：蓷也。又云：地毛，莎蓷也。本或作蓷，他狄反。	盧本弋改戈，蓷改蔕。案，蓷字宋本已誤，盧改是也，弋字則不誤，《類篇》、《集韻》蓷並有勻規一切，勻規即弋垂也。	弋垂盧改戈垂，大誤，其改蓷爲蔕，則是也。徂規當爲徐規，陸從、邪多混也。
	爾雅・釋草	案：《釋文》從邪可混切，「徂規」反切上字屬於從母，但可能代表邪母。			
30-9	蓨	湯彫 他周	蓨郭湯彫、他周二反。顧他迪反。		
	爾雅・釋草	案：《釋文》尤幽混切是常例，「蓨」在《廣韻》、《集韻》皆沒有與尤韻「他周」相當的讀法，此二反可能是同音反切。因此本文不算作同源異形詞。（詳§2.5.）			

30-10	薟	息廉 子廉	**薟**息廉、子廉二反。		
		爾雅・釋草			
30-11	藨	平表 白交 普苗	**藨**謝蒲苗反。或力驕反。孫蒲矯反。《字林》工兆反。顧平表、白交、普苗三反。	吳云：案，平、蒲、白屬並紐，普屬滂紐，並相近，唯力驕、工兆二反，聲類絕遠，蓋力應作方，工應作平，皆形近致譌。下文焱藨芳《釋文》云：郭方驕反，謝符苗反，一音皮兆反，彼之郭音，即此之或音，彼之謝音即此之謝音（符苗、蒲苗二反同音）。彼之一音即此之《字林》音（皮兆，平兆二反同音）。此爲方譌作力，平譌作工之切證。然《類篇》藨字有舉夭一切，似以《釋文》、《字林》音據，則北宋本《釋文》亦誤作工兆反，自宋迄茲校者並莫能正也。黃云：使工兆爲平兆之譌，則下云顧平表反已足，無事贅引《字林》也。票聲之字本有喉音，故臕讀若繇，〈祭義〉焄蒿，蒿或爲藨。《字林》工兆反，文無所誤，《字林考逸》仍舊不改，是也。	力乃方之譌，工兆疑平兆之譌。

	爾雅・釋草	案：王書輝（2006：633-634）認爲「白交」是讀「蘆」爲「苞」。但「蘆」在《集韻・爻韻》有與「白交」相當的「蒲交切」一讀，本文尊重《集韻》對《釋文》的詮釋，不認爲此三反爲不同的詞。		
30-12	荺	香于 芳于	**荺**香于、芳于二反，下同。注「音俘」同。		注內音俘二字今本闕。
	爾雅・釋草				
30-13	荂	香于 芳于	**華荂**香于、芳于二反，下同。《說文》云：草木華也。		
	爾雅・釋草				
30-14	檟	七各 七路	**檟**孫七各、七各二反。字或作榎，下同。樊云：大者，老也。檟，楸皮也。謂麤檟而老者爲楸也。孫、郭云：老乃皮麤䔩者爲楸。本今作䔩。	石經作䔩，邢、單、蜀、吳、瞿、雪諸本皆同。《左・襄二・疏》、《事類賦・二十四》、《御覽・木七》引亦同，盧本作檟。《考證》云：舊日作月，非，今改正。又麤檟舊誤作檟，今案麤檟字當改作䔩。阮云：葉本檟作榎，則正文當不作檟字。黃云：疑正文當依葉作榎，從昔。又云：陸所見郭注自作檟，故校語云：本今作䔩。䔩者腊之別字，今語變爲糙。	檟今本作䔩，此注亦有䔩字而不云異文，疑正文亦作䔩，或體乃從木耳。撒，盧改䔩。
	爾雅・釋木	案：依《釋文》通例，「二反」的兩個反切應不同形，第二個「七各」據通志堂本作「七路」。各家對注章訓字字形的看法不一，本文仍從依宋元遞修本。			
30-15	樲	云逝 魚例	**樲**魚逝反。郭亡逝、魚例二反。		

	爾雅・釋木		案：「亡逝」形誤，據通志堂本作「云逝」。王書輝（2006：241-242）認爲「云逝」是讀「樕」爲「曳」。「樕」在《廣韻》、《集韻》確實沒有與「云逝」相當的讀法，但「云逝」聲母爲喻三，「曳」聲母爲喻四，兩者並不同音。本文存疑，仍不認爲此二反爲不同的詞。		
30-16	螫	驚景	**螫**郭驚、景二音。孫音京。		
	爾雅・釋蟲				
30-17	蜆	下顯苦見	**蜆**下顯反。《字林》下研反。孫音倪。案：倪字下顯、苦見二反。	《集韻》，孫輕甸切。	
	爾雅・釋蟲				
30-18	鰌	七各七略	**鰌**七各、七略二反。本今作鰌。	邢、單、蜀、吳、瞿、雪諸本皆作鰌。	
	爾雅・釋魚				
30-19	鱏	尋淫	**鱏**尋、淫二音。		
	爾雅・釋魚				
30-20	鮰	居六巨六	**鮰**居六、巨六二反。《字林》云：魚有兩乳出樂浪，一曰出江。《說文》同。	盧本於江下據《說文》補東字，宋本亦脫。	盧本江下補東字。
	爾雅・釋魚				
30-21	鱖	几綴巨月	**鱖**音厥。本亦作厥。《字林》凡綴、巨月二反。	凡字宋本已誤，當作几。《集韻》、《類篇》鱖並有姑衞一切，姑衞即几綴也，各家皆失校。	凡當作几。
	爾雅・釋魚		案：「凡綴」據黃焯、法偉堂作「几綴」。		
30-22	鴀	方浮方九	**鴀**本亦作不，同方浮、方九一反。夫不，楚鳩也。		

	爾雅・釋鳥		案：依《釋文》通例，方浮、方九爲二反切，「一反」當據通志堂本作「二反」。		
30-23	鷦	側其 側事	**鷦**側其、側事二反。		
	爾雅・釋鳥				
30-24	鷱	亡小 亡消	**鷱**亡小、亡消二反。《字林》云：澤雀。	宋本同阮刻《爾雅注疏》作鷱。	
	爾雅・釋鳥		案：注章訓字通志堂本作「鷱」，僅字形布局略異。		
30-25	鷖	懿 翳	**鷖**郭懿、翳二音。《字林》英茝反。		
	爾雅・釋鳥		案：王書輝（2006：281）認爲「翳」是讀「鷖」爲「鷖」。「翳」有齊、霽兩韻的讀法，「鷖」在《廣韻》、《集韻》雖無完全相等的反切，但在《集韻・祭韻》有「於例切」一讀。《釋文》霽祭可混切，「翳」一音應相當於《集韻》「於例切」。本文尊重《集韻》對《釋文》的詮釋，不認爲此二反爲不同的詞。		
30-26	鶨	貞刮 直活	**鶨**貞刮、直活二反。		
	爾雅・釋鳥				
30-27	鷸	聿 述	**鷸**聿、述二音。《左傳》云：鄭子臧好聚鷸冠。即翠鳥毛也。		
	爾雅・釋鳥				
30-28	鸀	濁 蜀	**鸀**濁、蜀二音。	黃云：《說文》無鸀字，即鸀字變。	
	爾雅・釋鳥				
30-29	鷏	田 眞	**鷏**田、眞二音。	《五經文字・虫部》引作田，《說文》無鷏字。	
	爾雅・釋鳥				

30-30	獥	胡狄 古狄 工弔	獥胡狄、古狄、工弔三反。		
	爾雅・釋獸				
30-31	貎	乃俱 乃侯	貎《字林》云：兔子也。乃俱、乃侯二反。		
	爾雅・釋獸		案：《釋文》泥娘可混切，「乃俱」反切上字屬於娘母，但可能代表泥母。本文按照下字的等第處理，同一反切上字出現於一四等屬泥母，出現於二三等屬娘母。		
30-32	猶	羊周 羊救	猶羊周、羊救二反。《字林》弋又反。《說文》云：玃屬也。一曰隴西人謂犬子也。《尸子》云：五尺大犬也。舍人本作㹡。郭音育。		
	爾雅・釋獸				
30-33	厹	女九 人九	厹女九、人九二反。《說文》云：獸足蹂地也。古文爲蹂。《字林》或作狃。	葉鈔上蹂字作迹，宋本缺，今《說文》古文作篆文。盧云：注疏本無林字，此疑衍。焯云：《初學記・獸部》引作狃。	盧云：注疏本無林字，此疑衍。
	爾雅・釋獸		案：「女九」通志堂本作「女丸」，今從宋元遞修本。《補校》曰：「丸」字誤，宋本、盧本作「九」。		
30-34	蜼	餘季 餘水	蜼音誄。《字林》余繡反。或餘季、餘水二反。	李字誤，宋本作季。郝懿行云：《淮南・覽冥篇》高《注》：狖，讀中山人相遺物之遺。郭注〈西山經〉云：蜼，音贈遺之遺。是蜼、狖音義同，故《爾雅》謂狖即蜼矣。黃云：蜼，音余繡。狖，曹憲音柚，音亦同。	李，盧改季，是。

	爾雅・釋獸	案：「餘季」通志堂本作「餘李」，今從宋元遞修本。			
30-35	夒	五胡 魚句	**寓屬**魚具反。舍人本作夒。孫五胡、魚句二反。下如字。	詳舍人意謂自夒以下皆同夒屬。臧云：以孫音推孫意，亦同舍人。案，下云寓鼠曰嗛，郭注：寓謂獼猴之類，寄寓木上。是謂自蒙頌以下乃爲寓耳，與舍人、孫炎並不同。《說文》作禺，云：蝯善援，禺屬。禺：母猴屬。又蠼亦云禺屬。鄭注〈司尊彝〉：蜼，禺屬。則許、鄭之意亦與郭同矣。黃云：禺屬當題目「蒙頌猱狀」以下，不可云凡獸皆寓也。	
	爾雅・釋獸	案：「以孫音推孫意，亦同舍人」，據此本注章訓字是「夒」，而非字頭「寓」。「五胡」相當於《廣韻》「五乎切」、《集韻》「訛胡切」，「魚句」相當於《集韻》「元具切」。《廣韻》、《集韻》字頭皆作「夒」。			
30-36	鼳	扶粉 扶云	**鼳**字亦作蚡，扶粉、扶云二反。《說文》云：地中行鼠，伯勞所作也，一旦偃。《廣雅》云：鼳鼠也，字或作䶂，同。《方言》謂之犁鼠。	宋本鼳作鼱，阮云作鼳，是也。	一音偃三字誤，依說文當作一日偃鼠。鼱，盧改鼳。
	爾雅・釋獸	案：「一旦偃」，通志堂本作「一音偃」，依說文當作「一日偃鼠」。			
30-37	齫	丑之 初其	**齫**丑之、初其二反，字書以爲古齘字。	《詩・無羊・釋文》呞本又作齫，亦作齝。玄應《一切經音義》〈一〉又〈十〉引作齫，〈十五〉作齝，〈十六〉作呞。盧云：《說文》有齝	齫、齝二字失次，或羊曰齝注內齝字陸本作齫歟？否則前後倒亂也。

			無蝻。焯案：台、司二字古皆屬咍部。嚴元照云：古台、司偏旁多通借，故齝又作蝻，偏旁改易又作呞。蝻、呞二字《說文》無之。	
	爾雅·釋獸				
30-38	騬	辭登辭亘	**騬**辭陵反。或辭登、辭亘二反。	《說文》無騬字，《集韻》、《類篇》云：或作蹭。黃云：騬乃繒之後出。嚴元照云：蹭亦俗字。	一等無邪紐，此云辭登、辭亘二反，是亦從、邪不分之證。
	爾雅·釋畜	案：《釋文》從邪可混切，「辭登」、「辭亘」反切上字屬於邪母，但可能代表從母。			
30-39	闋	苦穴古穴	**闋**苦穴、古穴二反。	火字誤，宋本作穴，盧本未改正。	
	爾雅·釋畜				
30-40	駣	兖允	**駣**郭兖、允二音。《字林》云：馬逆毛也。		
	爾雅·釋畜				
30-41	驔	徒南大點	**驔**徒南、大點二反。		
	爾雅·釋畜				
30-42	犪	如小如照	**犪**巨龜反。《字林》云：牛柔謹也。顧如小、如照二反。	盧云：《說文》止有犪字：牛柔謹也，从牛夒聲。此即顧野王所音者。若巨龜反，則字當從夒，不可混并。吳云：犪牛，夔牛疊韻爲訓，巨龜反是也。呂義、顧音其字從夒，《釋文》誤引，失之。	案《說文》：犪，牛柔謹也。字從夒聲。若巨龜反，則字當從夔聲。陸氏誤合爲一，非，詳考證。

	爾雅・釋畜	案：據黃焯、法偉堂，此注章訓字爲「犪」，而非字頭「犪」。		
30-43	觭	丘戲 江宜	**觭**郭去宜反。《字林》丘戲、江宜二反，云：一角低一角仰。樊云：傾角曰觭。		
	爾雅・釋畜			
30-44	獫	力占 況檢	**獫**力驗反。《字林》力劍反。呂力冉反。郭九占、況檢二反。	宋本儉作檢。吳云：郭九占、沈儉二反，九屬見紐，沈屬澄紐，聲類殊遠。案，九應作力，沈應作況，皆形近之譌。《類篇》有離鹽、虛檢二切，正與郭力占、況儉二反相應，茲正之。	沈不知何字之譌。
	爾雅・釋畜	案：「九占」據吳承仕作「力占」。「況檢」通志堂本作「沈儉」，今從宋元遞修本。		
30-45	徤	力健 力展	**徤**郭音練。力見反，又力健、力展二反。		徤在願部，無來紐，《集韻・願部》收徤，則其所據本已譌。陸蓋讀徤爲部字也。
	爾雅・釋畜			
30-46	迅	信 峻	**奮迅**信、峻二音。		
	爾雅・釋畜